「我有你的號碼了，
哪天有空想打一架就撥你，
但你不打[...]」

Character File

Satawat(Yuk)

筆名Callisto的當紅推理小說家，
喜歡穿得全身黑。
講話較沒遮攔，
但長相可稱「帥死乳牛、帥暈水牛」。

Musician | Solitude | Novelist

「別人或許可以吧，
但如果要跟他交往的話，
還是讓我單身到白髮蒼蒼好了！」

Character File

Chayin

詞曲創作人，
曾寫出不少膾炙人口的歌曲。
長相可愛但不愛曝光，
雖為錢不挑工作但近期陷入創作瓶頸。

Musician | Solitude | Novelist 上

Author | JittiRain　　Illustrator | MAE

Translator | 舒宇

contents

Musician | Solitude | Novelist

第一章

Welcome Back to MSN

「沒有人說，愛了就不會傷心」
《你曾有過的愛》—— A Little Bliss

「A Little Bliss 真是酷爆了，一天就百萬點閱了！」

「哥你如何寫出這首歌的？好中我的心！」

「悲傷時去聽，又更難過了。」

「愛 Chayin 哥！又一首超虐心的歌。」

「好痛，不知道該如何平復……」

「Chayin 哥的人生是經歷了什麼，才會寫出這麼虐的歌？」

經歷個頭！

我只是躺在家裡而已！我記得一清二楚，在寫這首歌的時候，身上的錢剛好要用完了，不寫的話就會喝西北風。是說，聽的人會發現嗎？其實我這個寫歌的人，已經與愛情絕緣很久了。

我只能苦澀地笑笑，然後天天安慰自己說，一個人又不會死，愛情無法讓人生存下去，錢才是重要的。

我拿起手機（上面的螢幕已經摔裂好幾個月了），點進email，雖然我有設自動提醒，但還是習慣每兩小時確認一次。可惡！怎麼最近都沒有找我寫歌的案子啊！

　　我瞥了廚房一眼，流理台上還有兩袋泡麵，如果每天吃，應該還可以勉強度日吧。不過，最好還是得有工作可接。

　　『我叫Chayin，是個寫歌的freelancer，全國各地的委託都接。』

　　這是我的自我介紹，寫在聯繫工作用的粉絲專頁上的，另外還有一些隨著時間增添上去的資訊。

　　『歷年作品：Pomelo樂團的《滿心喜悅》，截至上週為止，已超過千萬點閱；Metropolis樂團的《Friday Knight》，在Cat Radio的每週排行榜上獲得第一名；另外還有許多耳熟能詳的歌曲。』

　　因為這些歌紅遍全國，再加上大家又幫我取了個「寫歌天才」的稱號，我畢業這兩年來，在這圈子裡也算是得到了許多成就，直到……

　　25歲，太歲年！

　　可惡，我這太歲會不會犯得太凶，已經有兩個月沒有工作進來了耶！

　　市中心公寓的貸款、電話的月租費、伙食費等各種花費，能支

撐我生活的歌曲版權費在哪？還好我都依靠捷運移動，所以不用養車，不然就不是吃泡麵，而是吃土了。

　　我沒想過太歲年這種超自然的事情，會對我的人生造成巨大的影響，直到那天被大學同學嗆聲。我們三個月前在暹羅廣場附近見了面，他是個盡責的上班族，每天替人民做牛做馬，所以他不只到處怪罪命運，還反過來告訴我，不久以後，我的生活就會跟他一樣壟罩著衰運。

　　那就是我最近一次見到的朋友了。媽的！現在真想再回去見他一面，求他不管怎樣都把說過的話吞回去。因為現在，我的生活就如他所說一樣，真是糟透了！

　　叩叩叩。

　　敲門聲打斷腦中紛亂的思緒，我的疑惑裡混著好奇，到底是誰會在晚上十點多還有臉順道來拜訪？

　　隔了不久，第二次敲門聲又響起，害我必須拖著身體去開門。腦袋裡想的第一件事情就是，等下要把門外的瘋子罵一頓，藉此消除我的不爽。不過，當我一跟門外的人面對面時，不滿的情緒立刻變成了驚嚇。

　　「靠北！」

　　「我是不是該跟你絕交啦！」

　　「你不是說明天才會來？」

　　「你記錯泰國時間跟美國時間了吧！」

　　「對吼。」這皮膚很白的朋友自顧自地走進我家，他風塵僕僕，

手裡還提著一個大行李箱，一見到沙發，就立刻攤在上頭。

這傢伙叫做Bird，是我中學的好友，但因為他畢業後去美國念大學，所以一年只會見上一面，有時甚至是兩年一次。他現在應該畢了業，也找到好工作了吧。

「對不起啊。」我無法幫自己辯解什麼，Bird好久前就預告過他要回曼谷，但我忘了確切的時間。

「工作很忙嗎？」

「對，很忙，但不是忙工作，是忙著睡覺。」我很閒，閒到除了睡覺，不知道該做什麼才好。

「來找你前，我有先跟同班同學見面，聽他們說你現在是很有名的詞曲創作人。你怎麼會沒有工作呢？」很多時候，外人都只看到了名氣，卻看不見真實的情況。

「我也不懂，明明寫過很多歌給藝人，重點是每首歌都很紅，但最近為什麼都沒有人餵工作給我呢？還是說，跟今年我犯太歲有關？」

「犯你個頭，都已經長到狗舔不到你屁股的身高了，居然還會信這些有的沒的！」

「你這死美國人真煩！」

「你這種愚昧村夫也一樣惹人厭。」

「囉嗦！」

「哈囉，有人在說話嗎？我還以為是狗在吠。」

我恨你⋯⋯

唸書的時候，我們這一幫人有五個，裡頭最怪胎的就是Bird

了，他非常會唸書，物理、數學還是電腦都難不倒他，而且他從小就是遊戲裡的神級人物，因此同學幫他取了個綽號叫做「鳥神」，以彰顯他的聰明可比愛因斯坦。

「Chayin，你長得也不錯啊，幹嘛不轉行當歌手？」Bird不只問，他還轉過來，把我從上到下掃視了一遍。

「那不是我的專長，我當個音樂人、這樣寫寫歌就很好了。」

「我說，你的粉絲那麼多，試著轉換跑道，說不定就紅透半邊天了。」

「從哪裡得到粉絲這個詞的？聽歌的人是那樣稱讚我沒錯，但說真的，有人看過我的臉嗎？」

「你沒上過媒體喔？」

「我做幕後的，為什麼得上媒體露臉？是說，你呢？人生怎麼樣了？」我立刻換了話題，避免鳥神再問什麼來戳我，我心裡真的怕……怕他問來問去，會戳到我內心的痛處。

「還可以啊，在洛杉磯的科技公司上班，薪水也夠用，生活品質算是滿優的。」

「我看到你有女朋友了。」

「嗯，一個越南人。」

「不是說喜歡金髮碧眼的？」

「喜歡啊，但人家不要我，就這樣。」

「是是是。」

我點點頭表示理解，然後走去冰箱找些飲料及零食給這個剛到的傢伙，至於鳥神則打開他的大行李箱，認認真真地找起了東西。

我猜大概是準備了好幾個朋友的伴手禮，因為他已經一年多沒回來泰國了。

　　況且這個人也在海外定居了，我想他未來大概要好久才會回來一次。

　　「喏～伴手禮。」我將一杯紅葡萄汁放在沙發前方的桌子上之後，親愛的朋友遞過來一個雲白色的紙袋，打開一看是個Coach的黑色錢包。

　　「謝啦，應該很貴吧。」

　　「在暢貨中心買的，看它挺便宜，就買來送你。」

　　「幹，有時候不用那麼誠實好嗎？」

　　「對了，我問你，你還沒有找到老婆喔？！」

　　果然來了，我努力在迴避的戳心事啊。

　　「八卦！」

　　「是認真關心你。」

　　「還沒有。」

　　「Chayin，你都25歲了，不想有個結婚對象嗎？」

　　「像我這樣每天待在家，大概也遇不到什麼好女人吧。」

　　說完只能嘆一口氣，這不是什麼新的問題，大學畢業這三年來一直都是這樣。

　　讀書的時候，我也交過女朋友，就跟其他情侶一樣，相愛然後分手。在四年的唸書時光裡，好處是能夠遇見各式各樣的人，但一畢業，我的世界就只剩下這狹小的房間，限縮在這間還沒還完貸款的公寓裡。

詞曲創作人這個職業會遇到很多人嗎？工作都是透過電子郵件交涉；每當腦袋當機，什麼都擠不出來時，也是跑去同一家咖啡廳待著；偶爾去酒吧坐一下。朋友也不常見面，大多的工作（大概80%吧）可以說，都是待在房間裡完成的，這樣誰知道要去哪裡找老婆啊？

　　我家公寓的打掃阿姨嗎？

　　「你不會有點寂寞嗎？」喔吼，心裡好像又被無形的刀劃下了幾道傷痕。

　　「有誰一個人不會寂寞的嗎？」

　　「是說，那你情歌怎麼寫？明明就沒談戀愛！」

　　「我厲害啊！」

　　「但沒有工作！」

　　「我犯太歲啦，混蛋！」

　　「這樣吧，我這次來找你，可不只有Coach這個禮物，還有這個！」鳥神遞來了一個光碟盒，我接來看了看，一臉困惑。

　　「A片喔？我固定會看啊，但只能消除一點寂寞。」

　　「靠，不是啦！這是測試的程式，只能用一個月，它能幫忙你回復以前使用MSN的舊資料，讓你可以再次登入MSN。」

　　「MSN？落伍了吧！」

　　「越老才越經典！」

　　資料上說，MSN，或者說Microsoft Network，在1999年發行，並在2013年結束服務，因為這時已經有許多聊天軟體，像是Facebook或者LINE，更吸引大眾的目光。

但現在，我們朋友圈中最怪胎的Bird，居然要重新製作這個已經停用的軟體？

　　「做來幹麼？浪費時間！從網路上下載就好啦，滿坑滿谷都是了啊。」

　　「那都是盜版！」

　　「你的也是盜版吧？」

　　「不准這麼說！這可是我的研究呢。」

　　「是是是～」

　　「那樣亂下載軟體，你電腦死定了，木馬程式一定多到爆！」

　　「你這片就沒有嗎？」

　　「當然！它只能用一個月，期限到了就不能用了。」

　　「這樣不算侵犯Microsoft的權利喔？」

　　「噓～不要講！」

　　貨真價實的美國人耶！

　　「所以，你的軟體也是盜版！」

　　「寫來做模擬的而已，我之後再跟祖克伯說一聲。」

　　「那是Facebook，跟MSN有什麼關係！」

　　「好聰明喔～」

　　「我是吃飯長大的，又不是吃屎。」

　　我語帶嘲諷，始作俑者不作任何回應，只是聳了聳肩。是啦！您是世界級的聰明，這世上沒有人比得過，呿～

　　「這怎麼用？」

　　「先安裝光碟裡面的軟體，之後就跟一般的MSN一樣。我這版

的好處是，它可以抓回過去跟你聊過的人的email和聊天紀錄，接著你就可以再次跟他們交談。」

「嗯哼！」

「但有個限制，只有使用我這個軟體的人，才能跟你一起玩。」

「那你還分送給了哪些人？有上千人吧？」

「我只Copy了五十份，分送給我們中學時期的朋友啦，但我跟你說，這個軟體禁止公開，你知道的，如果流出去，我就完蛋了。」

「喔吼，好多份喔～」我刺他。

「好吶，以前會一起玩MSN的人都是中學時期的朋友，愛擔心欸你！」鳥神拍我的肩膀作為安撫。

我將光碟片翻來翻去，讓它反射燈光。起初想著要丟在哪，如果不小心讓好友看到了，他才不會覺得難過，但心裡另一個部分又想要試試看。

它都橫渡太平洋來到我手裡了，況且貧困的詞曲創作人生活正空虛得很，今晚除了睡覺、無所事事外，看來要去嘗試一些沒有意義的事情了。

「好啦好啦，等下試用看看。」

「有什麼結果再跟我說，因為缺點還得拿去優化程式。」

「還優化？你這是侵權，如果被知道了，絕對被告到脫褲！」

「我不是為了使用MSN才要做優化的，而是為了研發自己的軟體，所以才再三跟你說，不要洩漏給其他人吶。」

「是～大律師！」

「我才不是律師，是資工男。」

「呿～」

「我現在有個原型，看要怎麼完善它而已。」

「哼～～～～」

我對這怪胎的想念是怎麼聊也聊不完的，但世上總沒有不散的宴席，聊了一會兒後，他就先回家休息了，只留下 Coach 的錢包及要我試用的盜版軟體。

因為空閒時間太多了，不知道要幹嘛，所以我走到了桌機旁邊，把光碟片放進去安裝，然後等待，直到那曾經熟悉的聲音再次響起……

登～

『Welcome back to Windows Live Messenger』

你好，MSN！你好，曾經歷的過往。

讓我最驚嚇的是，之前設定的顯示圖片：黑色學生長褲跟那時候覺得酷斃了的光頭。嚇！若真能回到過去，我第一件要做的事就是換髮型！

曾與我聊過天的人很多，但每個人底下都掛著離線的狀態。不知道該跟誰聊天的我，開始點進去看那些陳年的聊天紀錄，想藉此再次回到中學的甜蜜時光。

跟好友打屁聊天的時候。

用 email 加了好友，聊了幾天，就開始追女孩的時候。

在隔天一早要交作業給老師，將趕出來的作業用附檔傳送時。

甚至是……記憶中被那個人……說分手的時候。

Chayin says：回來好嗎？回來愛我，回來尋找全心全意愛妳的我～

♡ MOMAY ♡ says：對不起

Chayin says：我只是想知道我做錯了什麼

♡ MOMAY ♡ says：Chayin你沒有做錯什麼，錯的是我

Chayin says：是因為他嗎？

♡ MOMAY ♡ says：跟他無關

Chayin says：是DA'VANCE[1]之月那傢伙對吧？

我皺了皺眉，DA'VANCE之月？

太久了吧！

我都遠離這些選拔比賽或補習班的環境多久了，重點是，我根本記不得，自己曾因為被女生甩而要死要活，甚至還特地傳了歌詞給她。

♡ MOMAY ♡ says：我愛你，但跟以前不同了，我們⋯⋯分手吧！

Chayin says：(ಥ﹏ಥ)

幹，這什麼肥皂劇！

1　DA'VANCE為曼谷著名的補習班。

時至今日，曾經是我女朋友的人變成怎樣了呢？我們畢業後就沒有再聯絡了，就是呀，都過去七年多了，很多事情都隨著時間改變了吧。

但這不是跟自己對談哲學意義的時候，好吧，來看看跟鳥神的吧，看看以前我跟他聊了什麼。

Chayin says：大神，求抄作業，快傳給我！

™SUPERBIRD says：好啦，稍等

Chayin says：你有12班Naen的電話嗎？

™SUPERBIRD says：想幹嘛？

Chayin says：喜歡啊，想追

™SUPERBIRD says：你剛分手而已，又來！

Chayin says：我想死心嘛～

「靠！」

我不自覺地低咒了一聲。在看到有帳號上線後，不想浪費任何時間的我，立刻點進了與他的對話視窗。

我們一句話也沒有聊過，只見到了一個空蕩蕩的聊天視窗，不知道加他的時間跟理由，甚至，連這帳號是誰的都不確定。

只知道是個很落伍的email address：Mr.galaxy676@hotmail.com

另外，對方顯示圖片是一張陌生的星空圖，我猜應該是同屆的某個科學怪咖，但我並不想對這位無名氏的性格做過多的揣測，所以決定先跟他打招呼。

Chayin says：你是誰？

等了一會兒，「登登登～」的提示音響起，還一起顯示了簡短的訊息。

0832/676 says：那你又是誰？

Chayin says：Chayin

0832/676 says：哪個 Chayin？

Chayin says：啊～你是唸 XX 學校嗎？

0832/676 says：不是，別間學校畢業的

Chayin says：那我們怎麼會認識？

0832/676 says：對啊，所以我們認識嗎？

Chayin says：名字？

0832/676 says：不喜歡跟陌生人講名字

欠你爸修理是不是！這種說話方式，一定是個男的，所以他到底是誰？

我們唸不同的學校，但舊的 MSN 上卻有聯絡方式，記得高中在補習考大學時，我跟其他學校的人也有些聯繫，還是說……

他是 Bird 的朋友？藉著遊戲方面的奇才與超聰明的腦袋，Bird 在同齡人中的人面非常廣，交際圈遍及其他學校也不是什麼稀奇的事情。

Chayin says：你認識 Bird 嗎？

0 8 3 2 / 6 7 6 says：Bird Thongchai[2] 喔？

Chayin says：當然不是！是做出這個軟體的那個 Bird 啦

0 8 3 2 / 6 7 6 says：我從另一個朋友那裡拿到的，不知道是

誰做的

鳥神啊，你慘了你！這軟體流得可遠了，兄弟……

Chayin says：你不准把軟體流出去，不然我朋友就慘了

0 8 3 2 / 6 7 6 says：反正我也遇不到什麼人

Chayin says：OK，那給我看一下你的臉

0 8 3 2 / 6 7 6 says：為什麼要看？想追我喔？！

Chayin says：我是男生耶，混蛋！

0 8 3 2 / 6 7 6 says：我是女生～

Chayin says：欸？

0 8 3 2 / 6 7 6 says：你信喔？

Chayin says：所以你到底是男的還女的？

　　最終沒有任何答覆，於是我斜靠在椅背上，盡可能努力翻找著自己的記憶。曾有那麼一次，我用盡所有手段要拿到 email，但加了

2　Bird Thongchai 為泰國 90 年代知名歌手，知名曲《คู่กัด》後來被草蜢翻唱成《失戀陣線聯盟》。

好友之後，卻不曾傳過任何一個訊息去給那個人。

嘿！我平常可不會胡裡胡塗加誰好友，只為了留存email耶！

提示音消失了很久，我猜對方也一樣在不停思考：Chayin這個陌生人是誰。即使我猜這傢伙有可能看到我原本的顯示圖片了，但他仍回答的像不曾認識一般。

我無法克制自己的好奇心，在行事曆上空盪盪的時期裡，我要自己尋找出答案。因此，我傳了訊息過去。

> Chayin says：怎樣？有空嗎？
>
> 0832/676 says：啥？
>
> Chayin says：你有空嗎？
>
> 0832/676 says：約炮喔？
>
> Chayin says：禽獸！你是精蟲衝腦喔，我才不是那個意思！！！
>
> 0832/676 says：你看起來也精蟲衝腦啊
>
> Chayin says：總之，你是女生吧？
>
> 0832/676 says：是男的

鍵盤上的手顫抖著，解釋不了自己現在的感覺，只知道：我很生氣！！這該死的0832/676到底是誰啊？！講話居然如此輕浮，我們連一面都還沒有見過！

還有，這串數字是什麼鬼呀？電話號碼嗎？

我努力在腦海中搜尋許多罵人的詞彙，想著要如何回敬他，才

會讓他覺得痛，絕對要讓他像被踢到骨頭一樣痛爆。

　　他是誰、叫什麼名字、長得如何、身分是高是低，我都不知道，只知道他是我朋友 Bird 的朋友。光是這條件，就讓我想知道對方更多的事情，簡單來說，就是我想八卦。

　　知道他是誰後，就可以結束話題、各走各的路了，不然我會記掛到死。

> Chayin says：總之你叫甚麼名字？
>
> 0832/676 says：幹嘛要知道？
>
> Chayin says：那我先自介好了，我叫 Chayin，唸藝術學院畢業的
>
> 0832/676 says：無趣
>
> Chayin says：為何？
>
> 0832/676 says：我也唸藝術的
>
> Chayin says：哪間學校畢業的？我是 A 大畢業的
>
> 0832/676 says：B 大
>
> Chayin says：喔～僅次於我們學校的第二志願喔～
>
> 0832/676 says：若論藝術學院的話，我的學校是第一志願吶！

　　去你的～要戰是嗎？

　　如果你問，Chayin 這個人會認輸嗎？就算我曾輸過，這次也必須贏！

Chayin says：我們學校比較難唸，課程都超硬！

０８３２/６７６ says：我拿一級優秀學生畢業的

Chayin says：好巧喔，我也是，但我是書卷獎第一名

０８３２/６７６ says：好會唸書喔老大！

Chayin says：不只會唸書而已，實力也很強的，聽過 A Little Bliss 的《你曾有過的愛》嗎？

０８３２/６７６ says：沒有

沒了……我還想炫耀一下的說！我到底為什麼要浪費時間跟他這種人聊沒有營養的東西啊！說認識嗎？其實也不認識，但詭異的是，我無法克制自己不回訊息嗆他。

或許是因為這樣吐槽打鬧的事情離我太遠了吧。我的日常生活只剩下睡覺和等待工作，也因此生活毫不意外地變成了一攤死水。

而這種加碼的好康，請多多益善啊，哥哥我超樂意的！

Chayin says：我跟你說，那是我寫的，去聽看看！

０８３２/６７６ says：喔

Chayin says：我們學院部分啦啦隊的歌也是我寫的，而且我曾經剛好是隊員呢！

０８３２/６７６ says：你們學院居然選鯰魚當啦啦隊？真奇怪～

Chayin says：olo

一被攻擊，我就快手換掉了以前的顯示圖片，現在顯示的是我近期的相簿裡，最好看的一張照片，可說是帥到不行。

Chayin says：我唸書時的Slogan可是「人帥實力強，鳥大藝術心」呢！

0 8 3 2 / 6 7 6 says：是是是，我好怕喔～

Chayin says：白目嗎？！

0 8 3 2 / 6 7 6 says：覺得我白目的話，跟我聊天幹嘛？

Chayin says：沒事幹而已

0 8 3 2 / 6 7 6 says：寂寞喔？

這詞彙像是刺進了我的胸口，插在那裡不會消失一樣。寂寞這兩個字，重重地傷了我的心，就算我常跟自己說我能忍受寂寞，但有時候，寂寞仍讓我感覺疼痛。

曾聽人說，有愛就有折磨，而我，沒有人愛，卻仍受折磨。

若有，我願意承受。

Chayin says：像我這種人，從來不知道寂寞怎麼寫

刪掉我凌晨兩點打給朋友的畫面吧！

人生就像是Choi姊跟Aod姊的Club Friday一樣。

我自己一個人多久了？有時候也想要有個人可以聽我訴說，想要他知道我是怎樣的人，但卻沒人有空檔坐下來聽我講述有的沒的

故事，因此，每當有人踩到這個死穴，我就更是防備，老是欺騙自己沒有關係。

　　Chayin says：一個人吃飯的時候，就不像一群人吃飯那樣浪費時間。

　　0832/676 says：但一群人吃飯會覺得飯菜比較好吃

　　Chayin says：我覺得一個人還有許多優點，像是一個人去玩比較有趣。

　　0832/676 says：但那就沒人可以分享當下的心得了

　　Chayin says：我也自己去聽過演唱會

　　0832/676 says：有趣嗎？在這麼多對情侶的中間跳著舞

　　Chayin says：還行，我常踩著天鵝船，從情侶們間穿過去

　　0832/676 says：是喔，這樣租一艘船要多少錢？

　　Chayin says：半小時30泰銖

　　0832/676 says：那租個人坐在旁邊，你想錢會怎麼算？

　　我愣了幾秒，坐在那裡，一遍又一遍讀著最新的訊息，怕是自己眼花。

　　Chayin says：我哪知道。

　　0832/676 says：什麼時候寂寞了，就約我去踩船，坐你旁邊的價格應該不貴。

　　Chayin says：媽的，你好好笑～

０８３２／６７６ says：寂寞就直說啊，你傳這種訊息，我又不會知道

Chayin says：混蛋！

０８３２／６７６ says：厲害

Chayin says：什麼意思

０８３２／６７６ says：你啊，滿厲害的

因為你是少數幾個可以讓我暫時離開Ａ片網頁的人

明天再聊，我剛好想睡了。

(Θ ε Θ;)

然後，他就離線了，我連回覆的權利都沒有……

吼！這混蛋！！靠！！！你哪位啦！一嘴賤完就這樣直接消失喔！禽獸！

那瞬間，我差點把電腦掃到地上一解內心的鬱悶，但一想到我身上已經沒錢了，只好冷靜下來，然後轉身撈起手機，立刻撥話給某個人。

「死Bird，那該死的0832/676是誰？」

『你媽啦！』

「啥？」

『打給你媽去啦，別人要睡覺，混蛋！』

我懂了，不只寂寞的時候，朋友不在身邊外，連我迷惘的時候，朋友也不像以前值得依靠了，想哭……

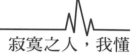

第二章

寂寞之人，我懂

Bird，你真的不懂朋友！

或許，單身者的時間常伴隨著腦海中的各種妄想。在那個長串數字離線之後，我花了所有的時間、走來走去地專心思考他的事情，即使那個答案並不重要——你到底是誰？

該死的浪費精力、浪費生命！想到這裡，我便走到浴室再一次刷牙洗臉，接著回到臥室，按步驟塗上國外買的保濕霜，然後熄燈、跳上床，拉過棉被將頭蒙住。

都凌晨三點了，時間走得好快。

但這種時間也安靜過頭了，靜到都可以聽見指針移動的節奏，滴……答……滴……答……

0832/676，你到底是誰呀？

「靠！！！」又來了，又想起他了。

我的手伸到床頭拿起原先那支螢幕碎裂的手機，漫無目的地滑著，直到感覺愛睏。平常我在這個時間是睡得著的，有時候頭連枕頭都還沒碰到，我就睡著了。

凌晨三點鐘，是怎樣的時間呢？它是群鬼現身的時間、是適合做愛的時間。凌晨三點鐘，有些人還在遊戲裡打團戰，或有些人醉醺醺地剛從酒吧出來。那我呢？

寂寞……寂寞來襲。

寂寞到想吃涼拌碎豬肉！

冰箱裡有什麼可以吃呀？吼～～～我不去睡覺，在這裡想些五四三的做什麼啦！不行，得閉上眼睛、去睡覺了。我把手機放好在旁邊，然後像個怕黑的孩子，把眼睛閉得緊緊的。

十分鐘過去，寂靜再次覆蓋了周圍，只剩下時鐘的指針仍一絲不苟地執行著任務。這不是我第一次有這種症狀了，自大學畢業後、在這間還在貸款的公寓裡，過著獨居生活算起，已經長達數年了，因此我跟寂寞成為換帖兄弟，比前世冤家還合得來。

有人曾經說：「總有一天，我們會遇到一個人，他喜歡我們本來的樣子、接受我們成為自己的模樣；總有一天，相似的人會找到彼此。」我一直相信這句話，就算不知道「曾經」說過這句話的人是誰。

但我都25歲了，未來的老婆在哪？天公伯你回答我！

越思考，就越是胡思亂想。好不容易有一會兒，我可以不去想到那個不知名的帳號，但我的腦卻回想起自己的愛情、未來及腐爛到沒有一點色彩的人生。可惡，還是睡不著！數羊好了，或許會有幫助。

「第一隻羊……第二隻羊……」我開始在黑暗中喃喃自語，眼皮也隨著心的控制而慢慢閉上。

「第七隻羊……第八隻羊……第三……二、斜線、六、七、六！」

什麼鬼！！！

「滾出我的腦袋！立刻滾出我的腦海！！！」

於是我生氣地敲打起自己的腦袋及胸口。這下事情大條了！我心一橫，開了燈並拿起心愛的吉他，開始使勁地彈奏。今晚若隔壁不來敲門，也不像以前那樣威脅要踹死我，我就不會停止！

「月色皎潔臨大地～麗人標緻舞成圈～[3]」

不久後，我就聽見隔壁的咒罵聲，以及熟悉的句子：

「親愛的，跳舞的女鬼又來作祟了啦！吼～～」

哼！我睡不著，那對夫妻也別想閉眼睡覺了！我叫Chayin，比你想像的還冷血，叫你想都不敢想！

寂寞之人的本日任務：早起、沖澡、在太陽升起前刷牙洗臉，然後走來拿著擱在床尾的寶貝筆電玩。這台筆電可沒有裝什麼模擬MSN的程式，因為它是我的工作電腦。我現在正拿它在確認電子郵件，像以往的每天早上一樣。

一看到還是沒有工作進來，就是時候闔上螢幕、蹦上床，然後閉上眼睛了，沒有例外。

說真的，這麼早起幹嘛？我昨晚可是彈了快十首的傳統舞曲才睡著，隔壁還大聲地唸了好久的佛呢！

鈴……！

煩躁！我才剛躺到枕頭上不久，老舊的手機就鈴聲大作。想咒罵也不行，因為螢幕上顯示的名字，就是能解開我心中疑問的人。

3　為《เพลงงามแสงเดือน》的歌詞，此曲為泰國傳統舞蹈（Ramwong）的常用曲目之一。

「有話快說。」

『醒了沒？今天一起去找東西吃吧！』Bird迅速進入了正題。

「你請客喔，最近我沒錢。」

『好啦。你答應了對吧？約哪一家餐廳？』

「我想吃披薩。」

『一早就吃這個喔！』

「我見到你都快中午了，笨蛋！總之，你要吃這個嗎？不吃就約別間。」

『我攔得住你嗎？中午見，記得準時，不准遲到！先這樣。』

接著，Bird就消失在電話的另一頭，留下我得把床上的自己再次挖起來，去打理穿著，但我還是像個夢遊的人一樣，先走去開了電腦、留下問題給離線的人。當然，我並不知道他何時才會回覆，但我今天絕對要從好友——也就是程式的主人——身上得到答案。

我跟Bird約的披薩店在離他家最近的百貨公司裡，既然這餐是好友請客，像我這樣的好人當然要出個車錢，坐比較遠的車程，這樣對他才公平，至於回請什麼的，最近請讓我……我真的窮！

「好準時呢，想吃什麼就點吧。」這是好友第一句招呼，在我一秒不差、準時出現在店裡時。

白淨的指尖將菜單推了過來，我側身坐進了椅子，視線在菜單上一掃而過。

「你點吧，出錢的人應該要有選擇權。」我看起來人超好的！不久之後，服務生就熟練地過來點菜。

「夏威夷好了，簡單點。」鳥神提議，我也點頭表示贊同。

「OK。」我只負責吃。

「請問餅皮要鬆厚還是薄脆呢？」服務生繼續問。

「薄脆。」

「鬆厚。」我趕緊出聲反對。Bird看到我一臉「拚到底」的樣子，最終認輸了這一回合。你好笨！我都嘗試過了，厚的餅皮才划算啦！

「請問要什麼尺寸？」

「大的。」

「中的就夠了。」

「Chayin，這樣你吃得飽嗎？」

「不要怕，我要點副餐來吃，一定會讓你破產！」

「我知道你為什麼交不到馬子了。」

「為何？」

「因為你總做一些混帳事！」

「你罵不痛，沒感覺。」

「小心哪天遇到能鎮住你的北部人，我再笑你活該。」

「我是老大屬性，誰能鎮得住我？不可能啦！」

Bird知道吵不贏之後，也就不繼續跟我抬槓了。我放下菜單，在點完餐之後。等待的時間中，我們終於有時間討論那個我掛心一整晚的重點了，也就是MSN上的不知名帳號。

「我要你去問是誰流出光碟的，結果有問到什麼嗎？」坐在對面的人嘆了一口氣，然後整個人束手無策地靠到椅背上。

「我都打去問過了，但沒有人承認將光碟給了誰，大概是怕我

罵他們吧。」

「媽的，這次你要怎麼辦？」只有五十個人拿到光碟，還以為很容易找到是誰，結果卻像大海撈針一樣，因為沒有任何人願意開口承認。

「你再問他一次。」

「我留言給他了，但他還沒上線。」

「是說他的MSN名稱是什麼呢？」

「0832/676。」

「你記得他的email嗎？」

「Mr.galaxy676@hotmail.com。」好友點了點頭，一邊思索，兩手還滑著手機。過沒多久，他就抬頭，從螢幕上再次看向我。

「Google不到這個email耶。」

「我找過了，一點頭緒也沒有。而他的MSN名字也怪得要死，會不會是用電話號碼啊？等下打去罵他！」

「笨蛋，那是星座的名字！滾去問NASA吧！」混帳朋友把他的手機遞到我面前，螢幕上顯示的，正是那七個奇怪的數字。

對耶，那白目在MSN上的名字來自PC 0832/676，也就是人熊星座的名字，但要辨識那個人的身分，這不算是什麼證據吧！

還是說，他叫熊？長得像熊？身材像熊？或是賣小熊餅乾？能有各式各樣的猜測，但最終卻一點線頭都抓不到。

「那個人有說過他做什麼嗎？我指的是職業、地址、長相之類的。」

「什麼都沒講，只知道他是B大的藝術學院畢業。」

「靠北！！！」

「你知道囉？」我樂天地問。

「哼！我是要說，這範圍太寬了，你這輩子怎麼可能知道！」

「可惡！」

「但認真說來，你也不需要知道他是誰吧？螢幕對面的人只是個用來消除寂寞的聊天對象，你花這麼多心思幹嘛？」這隻臭鳥說的也是事實，但問題是，我不喜歡讓事情掛在心裡很久，心會靜不下來。

我怕我人還沒老，哪天腦血管就先爆了。

十五分鐘之後，披薩被送上桌，我們點的副餐也同樣一道道被送了上來，我跟 Bird 動手吃飯的吉時到了，撕披薩撕到忘記先前聊的重點，最後我們又冒出了新的話題。

「對了，你記得七班的 Top 嗎？」對方一問完，我一雙眼睛光溜溜地轉著，藉此回想幾乎要流逝的過往。

「去唸新聞的那個 Top，對嗎？」嘴巴邊說，但手也抓起一片披薩往嘴裡塞。

「對對，他昨晚聯絡我，要你的電話號碼，他好像沒有你的聯絡方式。」

「那他有什麼事？」

「靠，他說什麼想跟你約訪問，刊在雜誌的專欄上，好像是什麼創意工作者的主題吧！反正，等他聯絡你好了。」

「好⋯⋯是哪個雜誌呀？」可以先找個資料。

「好像叫《A Month》吧。」

「為什麼我只有聽過《a day》？」

「應該是新的雜誌吧，聽他說整間都是些身上帶火的人。」

「創辦人是救火的嗎？」

「沒有，聽說是送瓦斯的。」

「你還接我的哏，智障！」

　　我聽見對面的人發出止不住的爆笑聲。出門跟朋友吃飯、聊天、問候彼此的喜怒哀樂，甚至只是像過去一樣，用冷笑話攻擊彼此，我有多久沒有做過這些事情了呢？

　　一想到這個，就懷念起美好的過去。小時候，不會有這麼多的傷害、期望與孤獨，但長大懂事之後，我還能要求回到童年時光嗎？這樣就不用像現在一樣寂寞了。

　　在出門放風並順道與鳥神去喝了幾杯啤酒後，我就回到家裡，洗澡刷牙，跟平常一樣，直到再次抬頭看時鐘，時間已經是晚上十一點了。

　　我走去打開電腦，抱著某人已經上線的期待，率先登入MSN。果然，我的預期是對的……

　　死人熊正好在線上！

　　而且，我留給他的問題，已經得到回覆了，但……

　　Chayin says：我再問你一次，這次是認真的，你到底叫什麼名字？

　　0 8 3 2 / 6 7 6 says：不告訴你

就是這樣，各位觀眾！這混蛋有夠白目的，你們看見了吧？？

他不想回答的話，我也不想再問一樣的問題了。如果對方有一天想讓我知道，那我就會知道；但如果是程式先到期，就當作是個卡在心裡的業障好了。

他既然不願意說名字，那我就得擅作主張幫他取新名字了。

Chayin says：大熊

0832/676 says：你叫誰？

Chayin says：你啊

0832/676 says：⋯⋯

Chayin says：就你MSN的暱稱是星座編號啊，是大熊星座吧

0832/676 says：熊不大，鳥大

Chayin says：⋯⋯

你有一秒不鬧我，會怎樣是不是？！氣死！

我正苦思著要回敬什麼，但思緒最後卻中斷在響起的手機鈴聲裡。來電的是一個我沒有記錄過的號碼。我猜大概是新工作的邀約，絕對可以不用繼續餓肚子了！

「您要我寫哪個音樂類型呢？請說！」一接起電話，我立刻就這麼說。

『Chayin！Chayin，是我啦！』在聽到對方的回答時，臉上的笑容和雀躍的心全數化作了失望。

「哪位？」

『七班的Top。不知道Bird跟你說過了沒？我們的月專欄想登你的訪問。』

「說了。」

『你什麼時候有空呀？先說，我可不是要免費訪問你，公司有給車馬費。』

「是喔？我最近超閒，隨時都可以約。」一聽到錢，我眼睛就睜得跟鵝蛋一樣大。最近喝西北風好一陣子了，因為錢包裡的錢只進不出，現在總算有點盼頭了。

『那明天有空嗎？我約好另一位作家了，這樣就能一起訪問你們。』

「有空，約哪裡？」

等到我們敲定一切的時間跟地點，再回來卻發現，MSN上的那個人已經離線了。當然，我是沒有多在意對方，畢竟他對填飽肚子一點幫助也沒有，跟大熊聊天何時都行，但關係到溫飽的事情卻片刻都不能延遲。

想到就覺得雀躍，我趕緊登出系統跟關機，然後飛撲上床。

明天跟Top約早上，讓我有一天可以早點入睡吧！鼾……

Top，我中學時期的朋友，跟我約在一處公園裡的咖啡廳，這裡很蔭涼，整個咖啡廳是由木頭建造而成，周圍環繞著綠色的樹木，眼睛看起來很舒服。我坐在寬廣的戶外區，再往前一些應該是個小小的兒童遊戲區。這裡的客人不多，非常適合坐著商談事情。

Top先打電話來說過了，人在趕來的路上。於是我點了一杯咖

啡，悠閒地等著他來。

「寶貝想吃什麼？」

「看親愛的想吃什麼，人家都吃。」

「真的喔？我也隨你的意思。」

「欵～那吃蜜糖吐司好了。」

喔咦！！！就算躲到天涯海角，我也逃不開這些臭情侶是吧！為什麼周遭有這麼多對呀！幹，是不懂我這種單身漢會受到多大的暴擊嗎？

寂寞時節又回來了……

一個人真的不錯啦！但偶爾我說這種話時，只是用來安慰自己的。在我內心深處，我真他媽的想要有個伴，但有誰會懂呢？

「嘿，抱歉啦朋友。車很塞，所以來晚了。」安撫自己好一陣子之後，Top 滿頭大汗地冒出來打招呼。

我這個別班的朋友呢，是個高瘦、白皮膚、髮長及肩的人，留著稀稀落落的鬍子，像是沒長齊的毛，整個人看起來像個遠遊至此的藝術家，外表跟中學時期差不了多少。

「沒事，我不趕時間。」

「那你吃過東西了嗎？」

「吃過了，還點了咖啡來喝。」說完，我還垂眼看了一下面前的咖啡。

「喔～那就好，我怕你等我太久呐。」

「不用不好意思，朋友嘛！」就算在我的記憶裡，已經記不太清楚他過去的樣子也無所謂：「你先去點飲料喝，消除疲勞吧！至

於訪問的事情，等下再說。」

「好啊！」語畢，Top就去點了飲料及一些簡單的零食，接著才回來聊工作的事情。

「那個，我有件事情想拜託你。」

「說吧，Chayin。」

「這次可以只有文字訪問嗎？我不想露面，不希望有照片登在上面。」

「知道。我再去找一些你寫的歌，截MV的男女主角代替，別擔心。」

「OK，這樣我就放心了。」

「為什麼不想露面呀？你長得不錯啊。」

「想要有點自己的私生活吧。」

「女朋友會吃醋吼！」又來了，這些人每次都戳我的弱點！

「我還沒有女朋友。」

「真的？欸～～～」

「你的表情不用那麼震驚！單身是人生中很正常的事情吧。每個人生下來都有單身過！」

「我從十三歲開始，就沒有單身過了。」嘖！講這樣乾脆拿刀直接捅我吧，死毒蛇！最終，我只能帶著他一步步轉換話題。

「總之，能訪問我了嗎？」

「我沒跟你提過？還有另個作家要一起來被訪問。」

「依稀記得你有說……吧？」

「就是這樣，Callisto先生傳訊息跟我說，他正在來的路上，好

像是前面有個工作的樣子。」

「這作家是外國人喔？」

「不是，是泰國人，那是他的筆名。」

「寫哪個類型的？也許我會想找來看。」最近腦袋遲緩，不太寫得出歌。我看電影都看到流目油了，依然很空虛，看來得找些什麼充實一下腦袋了。

「寫推理小說的，像謀殺案之類的。」

「是個女生？」

「禽獸，他是個男的！不過他跟你很像，也不喜歡成為別人的焦點。不知道長相如何，這可是我第一次見到他呢！」

「這麼誇張？」

「那是Callisto先生嗎？他跟我說，他今天穿黑色的T-shirt，然後戴著口罩。」Top指向那個正從公園中走來的陌生面孔。

正被提及的那個人身材高挑，目測身高大約有一百八十幾公分，穿著黑色T-shirt及上衣同色的及膝短褲，戴著白色棒球帽，更引人注意的是那個人戴了遮住半張臉的口罩，並緩緩邁步朝著我們這邊走來。

混蛋，這身打扮是韓國歐巴還是殺手……

「Callisto？是Callisto先生對吧？」死Top大聲呼喊著，直到那個人筆直地快步朝我們走來，並散發著冷酷的氣質。

我將對方從頭到腳看了一遍，白淨的手插在褲子口袋中，讓對方的外表看起來很酷。我以後也要學你的姿勢，帥爆了！

「抱歉我來晚了，剛好前面的工作有點耽誤。」低沉嗓音聽不太

清楚，原因是對方的嘴巴還罩著口罩。

「沒關係，沒有等很久。對了……這是我朋友，這次訪問的另一個受訪者，他叫Chayin，是個目前很有名的詞曲創作人。」

「你……你好。」我不知該如何反應，只好給了對方一個尷尬的微笑。

「你好，請讓我脫一下口罩，現在好熱。」應該的，你以為自己是韓國的明星嗎？這是泰國，氣溫34度，還硬要戴口罩！

我並不認識他，不過在心裡偷偷罵他，應該也沒人會說什麼才對吧。

大個子在我對面的位置上坐下，然後拉下臉上的口罩，那時我才將他的臉看了清楚，即使他仍戴著棒球帽。

幹！！！是「帥死乳牛、帥暈水牛[4]」的那種帥欸！

讓你重新講一次，你到底是作家還是演員？我這種帥哥都不想比了，只能對他乾乾的笑。其實我跟朋友在一起的時候，也是能言善道的，不過面對不熟的人，就不太知道該如何互動。

「盯著我的臉幹嘛？」哇靠！有人找碴！

他找我麻煩！！！

「沒有，我只是不知道要聊什麼。」

「你叫Chayin喔？」接著就換成這人來找我聊天，但你的開場很像是叫我賞你一腳耶！

「對，而你是Callisto，對吧？」

4　รูปตายควายล้ม，是泰國常用的誇飾法。

「不然看起來像J.K.羅琳嗎？」

「……！」欠揍喔！他就是個白目！

「說笑的，我們年紀應該差不多吧？」

「我今年25歲。」

「我也是。」

年紀一樣，但我告訴你，跟我比，你的天資實在差多了！

而Top自己喃喃自語，還是不願開口，於是我抓準時機、踢了對方一腳，提醒他可以開始了，但命運看似沒有要跟Chayin站在同一邊。

「踢我的腳做什麼呢？」

吼！！！我踩錯人了啦！現在來幫我寫篇小說吧，名字就叫……《小男孩的眼淚》好了。

「沒事，只是不小心碰到。」

「這樣算不小心？那如果是故意的話，我的腳大概已經斷了。」

「哎呀，Callisto您說得是，哈哈。話說，Top先生，訪談何時可以開始呢？」再這樣下去，我怕我會讓某人的斷腳成真。

「唉呦～再給我一點時間準備資料，資料太多了，你們先聊聊吧！」然後這個人就忙著將一張張資料從資料夾抽出來。

我呢，則是不知道該說什麼，只好面帶微笑地逃避，轉頭盯著小小的兒童遊戲區裡，一個小孩正沉浸在盪鞦韆中。

「當個孩子真好對吧！只是一座鞦韆也能這麼有趣。」一個聲音穿插進聽覺神經中，我看向那個白目的作家，才發現對方也在望著那個小孩。

「就是啊，長成大人之後，做什麼事情都想得太多，無法再像小孩那樣，做什麼事情都覺得好玩。」

　　「最近有短缺什麼嗎？你看起來有點難過。」

　　可惡，好像看透我一樣！

　　「沒有啊，為什麼會那麼想？」

　　「你的表情像個飢民。」

　　「我依舊衣食無缺。」

　　「真的嗎？」

　　「真的！」

　　等等，可惡的Callisto，一下子就踩到我頭上去了！才認識十五分鐘就可以這樣嗎？真是不敢相信！

　　「話說，你寫過幾首歌了？」

　　「數不清了，我自己都好久沒算了。」我要講贏他，無論如何都要勝利：「是說，你寫過幾本小說了？」

　　這傢伙眼珠轉來轉去，好像正在思考。

　　「也一樣數不清了，超多～」喔？有人下戰帖！

　　「我最新的那首歌，有近一億的點閱了，真的好得超乎我預期。」Chayin，全力拚了！這回一定得贏他！

　　「我最新的一本書，有近十個外語版本了吧，至於總和就算不了了。我們好像喔！」

　　誰跟你好像？！

　　「那倒是，哈哈。」

　　「你看起來很厲害呢。」

這句話很中聽喔。

「謝謝。」

「看起來而已，但不知道是不是真的很強。」

「Callisto先生應該跟我一樣厲害。」

「老實說，4G雖然很快速，但還是輸給我的腰！」

啥米？？？？？？？

我好想哭，為什麼冥冥之中讓我遇到這種混帳啦？那麼快，腰會閃到啦，禽獸！

「哇，你也是個風趣的人呢！真不敢相信你寫的是推理小說，還以為是寫些好笑……沒營養的東西。」

「不是喔～我其實很嚴肅認真。」

撇除你的穿著打扮不談，其他看起來都像智障好嗎？

「我想請問一件事，我們以前認識嗎？」

「完全不認識，問這幹嘛？」

「因為看起來你一直在鬧我。」我咬牙切齒地講完整句話，一邊盯著那張總帶著戲謔眼神的帥氣臉龐。

「有嗎？可能是因為你看起來好親近吧。」

「其實，我是個心牆很高的人。」

「不高吧，看你的身高，應該還比我矮個六或七公分吧。」

「Callisto，請問您有空嗎？」

「有什麼事？」

「小七打烊後，來跟我打一架吧！」

「尚泰的小七剛好關閉整修中，你可以來。」

可惡，回話都不會落地的[5]！

更慘的是，他還伸手摸走了我放桌上的手機，然後自以為熟練地操作著。給我等一下，那是我的手機耶！該死的Callisto！該死的混帳！！

「密碼是多少？」我的嘴角抽搐。

「026471。」

「OK。」

不久後，我就聽到另一支電話的鈴聲響起。想必是某人的，沒有再有別人了，除了這個白目的作家！

「我有你的號碼了，哪天有空想打一架就撥給我，但你不打的話，我就自己打給你。」

「我……」

「我先失陪一下，正巧想上廁所。」好想罵他，但我思考罵人詞彙的速度不夠快，只好眼睜睜看著對方站起來，作勢要離去，更倒楣的是，Top還先插了話進來。

「Callisto，不好意思，因為我需要填寫表格，所以可以給我您的真名嗎？還是要用筆名『Callisto』呢？」

「喔～我沒有想隱姓埋名。」

「OK。」

「寫Yuk也可以。」

「Yuk？」

5　เถียงคำไม่ตกฟาก，泰國俗諺，指「說一句，對方就頂一句，回嘴回個不停」。

「我的小名叫Yuk，大名是Satawat。」

「謝謝你。」

接著，那該死的傢伙就走去上廁所了，只留下我跟Top大眼瞪小眼。

「之後就叫他Yuk吧！叫Callisto有夠冗長的。」

「嗯。」我嗯了一聲，因為我還在不爽先前的對話。

「對了，Chayin……」

「說！」

「那個，Satawat怎麼拼？」

我長嘆了一口氣，就知道死Top努力地在耍白目，我只好忍不住真摯地這樣回答他：

「哥哥的ㄍ、平安的ㄢ，四聲……」

幹啦！！！

第三章 |

超乎常人的 Satawat

　　在作家先生用子彈般的速度衝去上廁所之後，就是我用力向 Top 幹譙他的時間了。我上輩子大概是造了很深的孽，所以那傢伙才在這輩子跟來討，討到我都要吐血了。

　　「世上有成千上百的作家，你怎麼不知道去約訪他們啊？」語畢，我站了起來，想去賞那個神經病的頭幾下，只差在我沒有膽量，每天都只是說說而已。

　　「因為這個人現在正紅，而且他是我朋友的朋友。你冷靜點。」該死的 Top 面無表情地回答著，完全不覺得把我帶來給莫名其妙的人欺負有任何問題。

　　「你該對我負責吧？」

　　「負責什麼？」

　　「你害我好好的一天變得很糟糕！」

　　「你平常更慘吧！好啦……忍耐一點，我費盡千辛萬苦、好不容易才約訪到他耶。」

　　「他的行程那麼滿喔？」

　　「呵，人家是沒有心情見客！」

　　哇靠！這樣也行喔？我一直以為自己算是頭號怪咖了，沒想到今天居然能遇到症頭比我嚴重好幾倍的人，而且他看似不怎麼在意

旁人。

「你可以快點訪問我嗎？我不想在這待太久。」

「等一下啦！」

「所以，你打算哪輩子才要訪問我？我電話號碼都不小心被陌生人要走了，你都沒有想過要替我著急嗎？」Top排著採訪稿的手頓了一下，然後才抬起頭來看我。

「你可以封鎖他！」

「你好聰明喔！」我沒想到這招！之前被要解鎖密碼時，我會輕易就說了，是因為不知從何拒絕起，等我回過神，已經嘴巴一抖，把解鎖密碼通通告訴陌生人了。

「不是我聰明，是你太笨！」

「靠！」在前別班同學提供了思考方向後，刻不容緩，我迅速拿起了自己的手機，點進最近一次的來電，馬上封鎖對方。

想跟Chayin我玩？等下輩子吧！

「封鎖完了吧？好了的話，麻煩你去幫Yuk先生點飲料。」

「為什麼是我？」

「我會先訪問他，這樣才不會浪費時間。求你，照顧他一下。」媽的，他不只是用嘴巴說而已，還眨了眨眼當作請求。

死Top！我真不該跟你唸同所學校的，可惡！

「嗯，去幫他點也行，但先等他回來吧。」好啦，至少有五分鐘不用處在神經斷裂的狀態。

「你看，他走回來了。」我轉頭看了一下，那個大個子正往桌子走來，然後我就趕緊起身，飛快地對還來不及坐定的對方丟了一個

問題：

「喂，我去幫你點飲料，你要喝什麼？」

「沒關係，我等下自己去點。」

「那個……Yuk，我想說現在就開始訪問，讓Chayin幫你點吧！」Top插了嘴，於是面前的人又把注意力放回我身上。

「你說說看，我的型會喜歡喝什麼？」

啊？又問我？

「我怎麼會知道！大概是Espresso或者Americano吧？」依照過往經驗，像他這種一身殺手打扮的人，應該八九不離十是濃咖啡，但他的答案卻是……

「差太多了。」

「那你是不是喜歡摩卡？」

「不是。」

「熱可可嗎？」

「不是。」

「你到底要什麼？」

「站著要可以嗎？」

「……！」

「但我平常都是躺著做，你覺得可以嗎？」

喂！這混蛋……

「我不想猜了，趕快說！不要浪費時間！」在Chayin的腦血管爆裂死亡之前，我求求你說一下要喝什麼吧！比我家地基主還要難搞欸！

「那一杯草莓牛奶好了。」

喔吼，你爸咧！居然點這種跟外表超不搭的飲料！！！算我求你，你喝的東西可以跟你的穿著打扮搭配一點嗎？

「好，我去幫你點。」

「我還要加鮮奶油。」

「是。」

我立刻轉身走進店裡，不情願地去幫對方點甜滋滋的飲料。但當我在櫃檯最後面拿到飲料時，卻接到了兩杯草莓牛奶。

「不好意思，我剛才只點了一杯。」正忙著做另一杯飲料的店員抬起頭來，用甜甜的嗓音，對我笑著回答我說：

「這是最近店裡的優惠活動喔，特製的草莓牛奶買一送一。」說完，她指向櫃台前小小的牌子，上面有特別大的字體寫著：「情侶優惠」。

「原來如此，謝謝妳。」

「不客氣。」

說完，我就拿著粉紅色的飲料走向戶外的草地區。看見 Yuk 先生跟 Top 專心在進行訪談，所以我也不想打岔，趕緊將兩杯飲料放到略高的人前方，接著拿出手機，滑著打發時間。

然後，他們的問答卻突然停了下來。

我抬頭看了一下狀況，看到另一方不發一語，只是用大手將一杯草莓牛奶推到我面前。

「你的。」我說。

「我有一杯了，這是你的。」

「我不喜歡奶類，只喝咖啡。」

「難怪……」

「什麼意思？」

「你被咖啡吃掉了骨質，才會那麼矮。」靠北，混蛋！我要討厭你祖宗十八代！

176公分在你家叫「矮」？

無論心裡有多淌血，但我唯一能做的就是保持禮貌，然後用這輩子最咬牙切齒的方式回答說：

「我跟泰國男生的標準身高差不多高，是有些人高得不像人類才是。」

「好在我不是那群人。」

還……還沒認清自己嗎？

然後，Satawat少爺就像不聽我先前的不喝宣言一樣，轉回去跟Top繼續兩人間的訪談，至於我呢，當下就沒了滑手機的興致，只好抱著好奇心，坐著聽對方的訪問。

「您現在25歲了，生活中有什麼改變嗎？」這是來自記者Top的問題。

「沒有，我的生活還是一如往常，只有年齡增加而已，其實我自己覺得，我的心還像個孩子。」這個回答讓我想起改編版的柯南呢！

一個年紀看似增長，智商卻低於常人的……

Satawat！嘿！

人去哪，那裡就會陷入毀滅混亂。

「您寫了這麼多的小說，是怎樣的特質讓您如此迷戀這件事呢？」

「我迷戀我的書。」挖靠，你的答案也太正向思考了吧！自以為是的部分，我讓你贏！在我偷偷腹誹他沒多久後，那傢伙補充說：「它們像是一大群的朋友，我能沉浸在其中，不覺得無聊。」

「您看起來是個對工作很嚴謹的人，那日常生活呢？也是如此嚴謹嗎？」

「我的外在看起來很隨性對吧？但『什麼都好』的底下，其實藏了很多事情，說真的，我也是一個很挑剔的人。」

「您指的是不是感情的部分？」Top問了個題外話。當然，這跟Yuk先生的回答是有關聯的。

對啊，我也想知道你的女朋友是怎樣的人，這樣我才能預先跟她致哀。

生來遭罪吶，這人！

「大概是吧！」

「您還沒有女朋友嗎？」

「對。」

「那有想過要找個知心伴侶嗎？或者說，隨便找段關係，不要自己一個人呢？」如果是問我，我大概會立刻回答說：想過！

我想要有馬子，因為寂寞真的不會偏袒誰，我想許多踏入工作階段的人都有類似的想法吧。但你相信嗎？Satawat的答案卻是完全不一樣。

「我沒有這樣想過，沒有擔心過找伴或者結婚的事情。人不需

要為了消除自己的寂寞，而計畫說今天要上哪找個伴，或者遇到了可愛的人，就上前去追，我不喜歡那樣，好像在強迫自己。」

這個回答用力地戳進我的心底。

「我喜歡關係是：有天遇見了對的人，自己就知道了，無須逼迫，不是誰都可以，只能是這個人。」

幹！！！太帥了吧！

請讓我抄回去寫歌！

「那您有想過寫愛情小說嗎？」Top繼續問。

「沒有，那會很無聊，愛情小說至少得有些浪漫成分在，但我不是個浪漫的人。」

沒錯！你是個混蛋！

「那麼，現實中，Yuk先生的戀人是哪種外表呢？」

「沒有特定的型，有幾次也很疑惑，是很特別的樣子，我沒有辦法去解釋外型，只能用感覺辨識。」

「有像Chayin一樣奇特嗎？」

啪！我立刻將水打翻在Top的紙上，於是Yuk趕快拿來了紙巾，並迅速為自己辯護：

「我喜歡的類型是人呐。」

「……」

「但他……不像人。」

我在心裡大哭，混蛋！把我拖去砍了吧！

「齁～Yuk先生是覺得我像天仙囉！」閉嘴太久，我最終還是開口嗆了回去，你有什麼資格說我不像人啊？！

「你這樣想比較舒服的話，就隨便你囉～」

我擺出了一個臭臉，可惡！

「開開玩笑。」你說的話叫玩笑喔？欠踹是吧！但我的回答卻是……

「您真是愛開玩笑呢！」

「您也真是難看呢！」

「打一架吧！有個了結！」

「不打，手會痛。」

「呃……兩位等一下，先別打架啊哈哈。」Top趕緊閃進我們之間，雖然他的臉上在笑，但從他的眼神，我可以看出他內心的哀怨。內心在哭泣了吧，我也跟你一樣啦，哼！

然後看看那個挑事者，他正悠哉地吸著草莓牛奶，真是可惡的黑心鬼！

Top坐下來、摸摸紙張上頭那些我打翻東西所造成的水漬，確認狀態還堪用之後，他咳了兩聲作為訪談重新開始的信號。

「重新來囉，所以Yuk先生喜歡的是什麼樣子呢？」

「對我來說，真的沒有特定的模樣。相信我，時候到了，你會忘記所有預設的條件，然後用你的感覺去取代。」

就像我感覺現在想跳上去把你耳朵咬掉一樣。

在那之後，訪問順利進行，沒有再發生任何狀況。雖然我偶爾還是會被提起或嘲笑，但都勉強可以接受。Top處理著錄音，並將部分內容記到筆記本上後，直到他稍稍轉向我，並開始重新錄音。

「Chayin，現在換你了。」

「OK。」我將身體坐正,整理了一下領口。

「你整理衣服幹嘛?我是錄音又不是錄影。」

「不行喔?」至少讓我在Satawat面前有個良好形象不行嗎?光是這項,他就壓得我沒什麼好比的了!

不知道前面的訪問是否跟白目作家的一樣,因為我並沒有聽到開頭,但每個問題都剛好能夠回答,直到內容開始進入比較認真的議題。

「目前Chayin先生是哪家公司的詞曲創作人呢?」

「我是獨立的詞曲創作人,沒有簽給任何人。」現在還剛好沒工作,但我才不要說,不然就輸了!

「您寫過許多熱門歌曲,在圈內也備受好評,這樣會造成您現在或未來寫新歌的壓力嗎?」

「是有一點壓力,因為有過好表現,許多人會預期歌要很好,但有時候我並不想聚焦在這此,我比較在意當下寫什麼歌會感到快樂。」

其實,我只在乎錢跟肚子啦,但我才不要這麼說咧,不然就不帥了!

「圈內有人說,您是寫歌天才,您覺得這是真的嗎?」

「我不是天才啦,只是個一般人而已。」只不過是個害怕寂寞的人而已。

「您認為熱情與責任感,哪個對做這行來說比較重要?」我轉過去看那個翹腳而坐的大個子,他正討人厭地抖著腳。

我努力揣測著對方可能會說的答案,靠,到底該怎麼回答啊?

「對我來說，責任感應該被放在首位，無論做甚麼工作都應該對工作負責任。」

而這就是我的答案。身旁的作家沒有任何反應，只是不要臉地伸出他長長的吸管，挖我杯子裡的鮮奶油去吃，而我能做的只有瞪他一眼。

「您寫的歌大多都是情歌，請問是從哪裡得到靈感的呢？或者其實是來自您的自身經驗？」看看 Top 這該死的採訪稿，怎麼敢問說是不是我的自身經驗，這萎靡的單身樣，應該不難猜到才是！

「我是從身邊的人、聽過的歌、看過的電影或者讀過的書等等事物中得到靈感的，好幾樣都是很棒的寫歌素材。」

「這個回答表示說，Chayin 先生還沒有女朋友是嗎？」

「對。」

「如果有天遇到自己的真愛，您會想寫歌給您愛的人嗎？」

「我一定會這樣做！」

「你是個天才，但如果哪天接到寫歌的案子，是寫跟一個你不認識的人有關，你會有辦法寫嗎？」我轉頭看向 Satawat，然後露出居高臨下的微笑。

自從認識他，我就越來越懂怎麼壓過別人了呢！

「可以啊，像是 Yuk 先生的話，我就可以寫，來個被拋棄心碎的歌如何？」那張銳利的臉上，眉頭高高地挑起了後，又立刻回復平常的樣子。

「那我回報你一個謀殺的故事好了，你想要哪種死法，說來聽聽。」

「你用在自己身上吧！」

「上一具屍體也是這麼說。」

「……」

「我是指我書裡的。」

「我也寫過男主角因失戀而自殺的歌，好慘喔。」就不認輸，再怎樣我都要贏一次！「但如果是你的狀況，我可能會讓你死得輕易點，像是被草莓牛奶噎死。」

「遺憾呀。」

「不想死是嗎？」

「我不該來認識你這種不著調的人，有誰家的男主角是被噎死的？」就是你啊，白癡！！！我在詛咒你，快去死一死啦！

「假設不行喔？」

「是是是，假設也行。」

「……」

「為什麼你的臉皺成那樣？」

「我沒有皺臉！」

「回不出話了吼？」

「嗯。」

「認輸了？」

「嗯，我認輸。」

「對不起。」

　他只說了一句，然後一隻手在我頭上來回輕拍。但誰知道他這個舉動讓我真的輸了、徹底地輸了……

訪談結束在接下來的時間當中，Top 開始將採訪稿收進包包裡，但也不忘詢問正在盯著我看的超白目作家說：

　　「在分開之前，我想請求 Yuk 先生允許我在雜誌上使用您的照片，可以嗎？」這題，我有跟 Top 說過了，我不想露面，所以他會用 MV 男女主角的截圖，來處理這個問題。

　　但這個 case 嘛⋯⋯

　　「可以，現在拍也行。」哇嗚～還以為是個很難相處的人，結果不是嘛！

　　我看著大個子拉了下帽子，遮住更大面積的臉，接著還拿起黑色口罩戴上。你做到這地步，乾脆別放照片好了！蠢牛！你整張臉遮到只剩下眼睛，如果我是讀者的話，會以為訪問的是南方採膠工人，而不是推理小說家吧。

　　「呃，Yuk 先生真的要這樣拍嗎？」

　　「嗯？不行嗎？」那傢伙聲音平平。

　　「也行，可以。」

　　最終，Top 完美地得到了一張殺手在橡膠園裡的照片，可以放在簡介中。

　　「今天很有趣。」

　　看他說這什麼話，我一點也不覺得有趣！

　　十分鐘過後，我們分道揚鑣，親愛的別班同學先奔往下一個工作去了。我給了他帳戶號碼，以便他匯車馬費給我，至少可以溫飽幾天了。

　　現在只剩我跟大個子作家，我們正要從椅子上離開。我回家前

還不忘先去櫃檯結帳，接著就看見那個腳長的傢伙比我早了一步，我只好在他後面排隊。

「謝謝您，總共是80銖。」店員禮貌地說。

「再加上跟我一起來的男生的飲料。」

「嘿！不用，我自己付。」

感覺像被迫的，誰要啊！

「我不是無償幫你付的。」

「什麼？」

「用來交換你不要封鎖我，你封鎖了我的號碼。」怎麼那麼懂！

「我什麼也不知道。」

「解除封鎖。」

「啥？」

「不用裝傻，不像，去重練吧你！」

他的聰明不輸我媽家的狗耶。

「你怎麼會知道？」

「我在廁所有試著打給你，但打不通。」

「你要我的號碼做什麼啦！我們也不會再見面了啊！」

「你想約我在小七關店之後互毆。」

「說笑的齁！」

「但我是認真的。」他清楚強調每個字，口水噴滿了我的臉。

最後，我還是不爭氣地照做了，可惡的Satawat一臉爽。一付完錢，我正準備迎接全然的自由時，上輩子的業障又跑出來攪局。

「Chayin，你怎麼來的？」

「坐捷運。」

「要一起回去嗎？」

「不要好了，不太好意思。」

「你的公寓就在我回家的路上。」

「你怎麼會知道？」

「問 Top 的。」原來如此，該死的混帳朋友！

「所以一起回去，我的車就停在這。」說完，大個子就走向一台黑色轎車。這 Satawat 真的很一般，做著作家的工作、穿像殺手的打扮、開日本車，然後跟大眾一樣喝草莓牛奶。

喔，一般人可能不會打扮成殺手的樣子。

「上車吧。」低沉的嗓音喚回了我的理智，我被迫彎身坐進車裡。車裡都是空氣芳香劑的可樂味，我好討厭這個味道啊！不是它不好聞，而是它讓我立刻餓了起來。

「幹嘛憋氣？」

「沒事。」

「你不喜歡可樂的味道嗎？」

「我只是每次聞到食物的味道，就會肚子餓。」

「你看似對任何事的反應都很大，好像個小孩喔。」

「誰是小孩！」

「你啊。」

「我不小了！」

「而我的也不小。」

「……」

「你看，做出這種氣噗噗的臉，就是孩子氣啊。」我緊緊地抿著嘴，不想回嘴，反正怎樣我都吵不贏。

車從小巷駛出，前往車水馬龍的大馬路。Yuk 的車裡沒有太多東西，除了幾本書，有些在儀表板上，其他則散落在後座，很符合他的職業。

「您喜歡村上春樹？」看到大部分的書都是。

「對，直接叫我 Yuk 也行，自己人嘛～」

誰跟你自己人！我一點都不想跟你熟！

「我也喜歡村上春樹。」沉默的氣氛迫使我開口，以書作為聊天的話題。

「真的？他的作品一般是『喜歡的人很喜歡，討厭的人很討厭』，那你喜歡哪幾本？」

「很多，喜歡《挪威的森林》、《國境之南，太陽以西》，或是像《人造衛星情人》這種的。」

「你很寂寞，對吧？」

「你怎麼……」你怎麼會知道啦！

「就你喜歡的書，都是寂寞的氛圍。」

「喔？也許吧，那你喜歡什麼？」

「喜歡你剛才講的每一本書，也許更多……」那個人仍專注在路況上，而我拿起了一本村上春樹的書，書名是《1Q84》，是一本我還沒讀過的書。

「這本好看嗎？」

「它有三冊，但不會令人感到寂寞。」

「有推薦哪一本書嗎？我可以去買來看。」

「每一本。」

「很難找耶！有些英譯版甚至沒有在泰國販售。」

「是你太遜了。」又來了，他的白目又來了！

我安靜了一下，直到決定要繼續說：

「剛才的訪談裡，你是說真的嗎？就⋯⋯你這種長相還單身？」問這個問題是為了安慰我自己，連旁邊的人那麼好看，都還沒有女朋友了，那像我這樣的人，到底什麼時候才會找到呀？

難道要跟寂寞相伴到老嗎？

「嗯。」

「真的？外表也不錯，可能是你那邊太小，所以女生才不喜歡。」我開他玩笑。

「要試試看嗎？」

「你留著跟對的人試吧！」我寒毛都豎起來了。「但或許，要找到對的人也一樣不容易。」寂寞來襲，它才離去一下子，又回來招呼我了。

「去廟裡求吧！」

「是想要個伴，不是媽祖婆好嗎？」

「別想太多，或許你的靈魂伴侶在冥河等你吶～」

「呃⋯⋯是銀河吧？」

他是不是在虧我？

「喔對啦，是銀河。」

哼！立刻改口了呀大哥！

　　「那你最近有寫小說嗎？有在趕稿嗎？」

　　「沒有，我什麼時候想寫就寫，想休就休，偶爾想看電影就去看，甚至有幾天是想在房間裡傻睡，那幾天就單純睡覺。」

　　「你似乎不會想太多是吧。」跟我完全不一樣，我是週期性的寂寞，有時候還得常出門玩才能緩和這種感覺。

　　「生活就是這樣，幹嘛自尋煩惱。那你呢？歌寫得如何？」

　　「還行。」

　　「不會是最近沒工作吧？」

　　哇靠！又說中了！

　　「不是，就跟你一樣慢慢寫啊。是說，你最近有看什麼電影嗎？我追得比較慢，但還是想要說《銀翼殺手2049》超棒的！」在對方發現真相之前，得趕緊換個話題。

　　「我也喜歡。」

　　「欸？真的嗎？」

　　「對啊，喜歡鋼鐵人飛上天跟蜘蛛人打鬥的時候。」

　　你是去看下輩子的銀翼殺手嗎？

　　跟這位大作家聊天，真的一點營養也沒有，只有令我頭痛的瘋言瘋語，害我想要快點吃幾顆普拿疼，然後去睡。

　　「快到了，我轉進你的公寓呦。」

　　「其實，你停在前面也行，我再自己走進去。」

　　「不要，我要送你進去。」

　　那你問我幹嘛！

「你停這裡吧！」車子轉進來，停在公寓前面後，我立刻解開安全帶，然後轉頭禮貌地跟車主道謝：「謝謝你送我回來。」

「你住幾號？」怎樣？你Satawat是個披著作家皮的小偷嗎？

「幹……幹嘛想知道？」

「就想知道啊。」

「那我沒必要跟你說！」

「我不會說給埋伏你的人聽啦！」

「我住17樓。」

「房號？」

「跟你說的話，我有什麼好處？」

「沒有好處，但你必須回答我的問題。」

「這樣的話，那就更沒必要告訴你了。」

「不然我跟你換，我住GF公寓的2108號房。」

「我有說我想知道嗎？」

「我不管，我說了，換你！」幹，還盯著我看！我想下車，但車門被鎖住了，想伸手過去開鎖，卻被大手緊緊抓住。

現在什麼鬼狀況？？

「你是要好好跟我說你的房號，還是要讓我在車裡秀一下我像4G的腰力？」

好，我不比了。

「好啦，跟你說，1714號房，滿意了吧？」

「還行。」

「那我可以下車了嗎？」

「等等，我還有一個問題。」

「快說！我還要上樓繼續工作。」忍很久了，我怕等下車裡就有人變成屍體，而動手的人當然就是我。

「你的名字，Chayin是什麼意思？」

「怎樣？」

「很怪，之前沒有聽過。」

「是『勝利』的意思。」

「那你出生到現在有贏過什麼嗎？」

「每一件事，除了你。滿意了嗎？」我挑釁般地看著他的臉，說真的，從遇見他開始，我一次也沒有贏過對方。

「幹嘛諷刺我？」

「我沒有諷刺你，我講的是事實！」

「那我叫Satawat。」

「你講過了。」

「意思是輸。」

「好好笑！」

「輸給Chayin。」

「……！」

「你的名字代表『勝利』不是嗎？那就得勝過一切呀！」

喔吼～讓我死一下。

「可以下車了，你不是還要工作嗎？」接著，我被趕下車，然後四輪的交通工具就慢慢駛遠，直到消失在視線裡，而我兩隻腳仍站在原地，尋找著名字的意思。

請允許我⋯⋯

站在這裡困惑著⋯⋯那個問題。

Chayin真的屢戰屢勝嗎？看來，我總是輸，至少會輸給一個叫 Satawat的人，哼！

第四章 |

理智一點

　　自從收到 Top 他們家雜誌的車馬費後，我就在房裡軟爛地睡了整整三天，一切重複又無趣，好在還有 MSN 的陪伴，比較討厭的是 0832/676 上線時間都不長，最多跟我聊半個小時就會消失，因此，我每天都得找不同方法來解悶。

　　最近我跟自己約定，要在沒工作的期間把歌寫完，再試著拿去推薦給公司，但現在，讓自己離開床上這件事卻比在年底前完成一個案子還難上許多。

　　還記得以前念書時，每次老師說要停課，我都興奮到全身顫抖，非常不想上學，只想要睡覺，而畢業後的現在，別說是睡覺了，就算裝死一陣子也沒關係，閒到不行。

　　好想回到只要念書的時候。

　　好懷念過去，好懷念那段時光：有朋友們相伴的快樂、有愛情，而且不必擔憂未來。一想起來就覺得難過，想用喝酒來激勵自己，卻發現沒本錢那麼做，唯一的路是賺錢餬口。首先，我得從讓自己起床開始，想到這裡，我深深吸了一口氣，然後開始在心裡數到五。

　　「一……二……三……四……五！」

　　嚇！

吼～～～身體不自覺地被床的吸引力拉住，再讓我睡十五分鐘好了。

一小時過去……

我重新數到五，還是懶得起床，我終於放棄了，將身體蜷曲在棉被裡，承認自己輸給了懶惰，並對自己說了那句安慰的老話：

今天就算了，明天再做也不遲。

「明天要認真工作了！YA！」

等我再次意識到的時候，我這整週除了睡覺之外，歌沒寫，什麼也沒做。

這也不會死啦，只不過是在幫自己累積生活的動力罷了。

已經整整一週了，沒有任何新的郵件進來，沒有任何來自朋友或家人的電話聲，我依舊待在家裡，吃著泡麵及看著月訂閱的線上電影，就這樣一天過著一天。

時間他媽的流逝得真快，直到我去翻開某個啤酒品牌的清涼日曆時才發現，面前顯示的數字讓我疲憊地嘆了很大一口氣。明天是吧？一個對許多人來說，很重要的日子。

以單身的狀態過了幾年的日子，你問我寂寞嗎？我大概會回答說「寂寞得要死」吧，隨著時間過去，我都害怕自己會習慣獨自一人的生活。

今年也跟過去幾年一樣，一個人收拾家裡，看同一片收藏的電影光碟，聽著歌進入夢鄉，放任時間像平常日一樣過去，一點也不重要。

鮮花、糖果、巧克力，已經好幾年都自己買了，但應該不會無

聊吧，如果還得繼續買給自己，非常幸福呢！

　　祝⋯⋯大佛日快樂！

　　是說，我要幾點起床去布施才好？

　　Chayin Preedeewattana

　　徵求女友一名，在每個大佛日一起拍照放閃。

　　鈴～

　　在Facebook上貼了表示寂寞的貼文後，沒多久手機鈴聲就響了起來。打來的號碼不是怪胎Bird，也不是專欄寫手Top，而是⋯⋯

　　「點顛」

　　對，我討厭那該死的Satawat，所以幫他取了我家已經過世的狗狗名字。

　　「有什麼事嗎？」我用含糊的聲音回答著。

　　「我在你房門前。」

　　「啥？」

　　「我在你房門前面，出來幫我開門。」

　　就像被雷公劈在心的正中央一樣，我花了點時間才能回復理智，慌亂地從椅子上爬起來，迅速用腳把垃圾劃進倒在地上的桶子裡後，將它推到床底下，而許多散落在客廳地板上的物品，則丟進箱子裡，藏起所有的凌亂與骯髒。

　　當一切準備就緒才開門面對。

　　王八蛋，來也不知道先打個電話，害我得花時間製造假象！

「你來幹嘛？」

這是一週之後的首次見面，高個子戴著Vans的黑色平沿棒球帽，同色的口罩依然掛在單邊的耳朵上，但他還是好看得令人嫉妒，這世界為什麼那麼不公平呀！

「拿書來給你。」說完，那人就立刻將一大袋書塞到我手上，那袋書的重量害我差點雙膝跪地。

「是什麼書？」

「一些村上春樹。」

「你等一下！這是哪來的書？如果是你的，那我可不想麻煩你。」說得直接點是：我懶得拿書去還，我一生之中，跟這人見過兩次面，已經太夠了！

「昨天我剛好去作家的活動，從那得到的贈書。」

「這麼多喔！」

「應該吧。」

「多少錢？」雖然最近很窮，但我還是不想欠人家什麼。

「就跟你說是免費的了，送給你的。」

「謝謝你。」無法推辭，為了報答他的好意，我也不忘出聲詢問：「你⋯⋯要進來嗎？」

「你確定？我知道你家還不方便待客。」不只說，銳利的雙眼還盯著屋裡，像是將先前的狀況看得一清二楚般：「但如果你想感謝我，明天有空嗎？」

「呃⋯⋯有空。」

「請我吃一頓就好，地點隨你挑。」

「就這麼簡單？」

「就是這麼簡單，說吧，要去哪裡吃？」

「但我還沒答應吧？」

「你說有空，就表示答應了。」這什麼白目作家啊啊啊啊啊？你會沒能力分清楚這兩個詞的差別嗎？太假了啦，大哥！

「要我現在想，我也想不出來。」

「那我幫你想好了，你只需要把自己打理好，早上十點我會來接你，到時候見。」噴完口水之後，那傢伙就笑著揮揮手，然後將一邊的口罩掛到正確的耳朵位置，遮住大半張臉，然後轉身走向視線盡頭的電梯，丟下Chayin這個寂寞的人，像瞪大眼睛的雞一樣，困惑地站著。

我就這樣傻傻地答應了，也沒想到要問一下自己，有沒有錢付餐費，最近我已經很窮了！

我關上門，走回沙發坐著，把所有時間用在拿出每一本書摸摸看看，還有這個問題——出席活動能拿到那麼多書嗎？其中有些書還不好找呢。

也是啦，作家跟書就是綁在一起的，不過看了不免覺得羨慕，為什麼寫歌的人沒有特權可以拿到一些免費的CD呢？

「很好！」

Chayin今天不會寂寞了，因為在這麼多書的陪伴之下，等到我讀完，寂寞大概也不知道躲去哪跟別人結婚了吧！

我用了超過十二個小時讀完第一本書，然後我闔上書，轉身打開電腦，剛剛好是午夜十二點。

這時間，某個人應該上線了。

跟有帳號以來的每一次一樣，我要做的就是一步步鍵入MSN帳號的email跟密碼，接著等到螢幕上出現在線聯絡人的名單，然後我很快就看到了綠色的燈號，以及「線上」的狀態。

Chayin says：大熊！ㄟˋ•ㄥ？

0832/676 says：笨蛋嗎？講不聽耶

Chayin says：我就想這樣叫你啊！熊熊熊熊

0832/676 says：你這個廚餘！我還沒講你什麼咧

Chayin says：ollo

0832/676 says：嗯哼，愛在那邊說，那個你就沒有嗎？

我跟你可以有一天不吵架嗎？

Chayin says：誰說話了？我用打字的

0832/676 says：那，你用手還是用腳打字啊？我好奇很久了

Chayin says：(ㄒ_ㄒ)

0832/676 says：◦_◦

Chayin says：壓力山大

0832/676 says：壓力什麼？

Chayin says：你啦！可惡！

0832/676 says：我以為生下來長得像鯰魚的壓力比較大

Chayin says：T～T

0832/676 says：好啦，有什麼事？説吧

Chayin says：有人約我吃飯，你説我該去嗎？

0832/676 says：那你想去嗎？

Chayin says：不知道，跟他不熟，只見過一次面

0832/676 says：再去見一次，就會變熟了

Chayin says：不要，怕……

0832/676 says：怕什麼？

Chayin says：怕吵不贏他，我沒有吵贏過耶

0832/676 says：(๑﹏๑)

Chayin says：╭๑_๑╮

　　我認真在講，但死大熊卻送了一個煩人的表情符號來給我，好
沒關係！

　　他算是我唯一在MSN裡的朋友，但除了讓我頭痛外，他一點
幫助也沒有，要約出來見面，他卻東拉西扯、顧左右而言他，於是
我仍舊不知道他是誰、做什麼工作，或者，他其實沒有實體，只是
Bird設計出來的AI，為了聊天、消除寂寞。

　　在聊天的過程中，有許多假設冒了出來，而且必須要說，每個
都有可能。

> 0832／676 says：試著常常見面吧，説不定哪天就贏了
>
> Chayin says：會發瘋
>
> 0832／676 says：我知道你寂寞，去見面説不定就會不寂寞了
>
> Chayin says：是會不寂寞，但會發瘋，不是很值得
>
> 0832／676 says：反正你平常不是就瘋瘋的了？怕什麼？不合理啊
>
> Chayin says：可惡！

　　光是認識該死的0832／676就快要逼瘋我了，不要再強迫我去遭遇更大的災難了！我是個自由工作者，寂寞是事實，但如果要遇到這種人，那我更願意孤老終身。

> Chayin says：給點建議啦，不要鬧了！不然我又要假裝去看醫生了
>
> 0832／676 says：那裝死？反正你長得跟屍體差不多
>
> Chayin says：啥？好有幫助喔！
>
> 0832／676 says：很好很好
>
> Chayin says：我是反諷！
>
> 0832／676 says：就説有事要忙啊
>
> Chayin says：但我先前説溜嘴，説自己有空了啊
>
> 0832／676 says：笨！這樣一來，你就必須去了吧

這個脫口而出的「笨」，好痛喔！

最終，我沒有得到任何對問題有幫助的答案，我們就各自下線了。不管腦中有多少的擔憂，我能做的只有專心去面對這個因果報應，反正明天沒任何藉口可以不去和那人見面了。

這一晚，我整夜在找尋如何接招的方法，認真到必須攤平紙張，仔細記錄著該如何跟這個披著殺手皮的作家過招。

全新一天的早晨來臨，敲門聲在十點多響起，我一開門，就看見面前的帥臉用大大的笑容跟我打招呼，一邊還吐出白目的問候，讓人每次都嘴角一抽，並想給他一腳。

「早安啊，勝利！」那是我爸的名字好嗎！

「喊我Chayin就好，不用特別說明意思好嗎？」求你可憐一下我爸吧！

「OK，那你穿衣打扮完了嗎？」

「好了，你要出發了嗎？」我詢問他，並將大個子從頭到腳看了一遍，今天他不是帶原本那頂帽子，而是換成了一頂A.P.C.的白色棒球帽，及穿著非常適合他的紅黑格紋上衣。

「走吧！我可是為了這頓飯，特別淨空了肚子。」這句話顯示了危險的訊號，我偷偷摸出了錢包，憂心地點了下裡頭那沒剩幾張的百鈔。

希望不會超過預算啊。

我們來到一家餐廳，看它的裝潢就可以猜到，價位大概不會讓錢包多好過。

我被服務生引導到最裡面的一桌，Satawat則靜靜地跟著後頭。不久後，兩份菜單就被放到了桌上。

「別客氣，想吃什麼就點。」他帶我來，但像大爺一樣要付錢的是我，所以我得在還沒低頭看菜單前，先說出這樣的帥話……

靠北！比我一週的伙食費還貴！

突然熱淚盈眶，必須努力眨著眼睛，不要在對方面前讓眼淚流下來。這家店的菜單上，最便宜的大概是白開水了吧！可以的話，我想喝了白開水就回家。

「你是付錢的人，先點吧！」低沉的嗓音回覆我。

「我不在意這件事。」

「怎麼行！還是，要我幫你點？」

「嗯。」

「有特別不吃什麼嗎？可以避掉。」

「我不喜歡吃需要啃或者剝皮、剝殼的食物。」

「那請來一份大份的炸雞。」

Satawat你是有沒有在聽我說話？混蛋！我氣到鼻翼微微地顫動，一旁的服務生遲疑地點點頭，並寫下他剛點的料理，而那混蛋則一臉輕鬆地繼續翻著菜單。

我都說不愛吃要啃的食物，結果你點炸雞，是覺得它可以用嘴巴輕輕鬆鬆吸來吃嗎？

「喜歡吃蝦嗎？」還……還來！

「就說我不喜歡要剝殼的東西了……」

「那我要一個粉絲鮮蝦煲。」

我的眼淚浸濕了我的心，誰來幫Chayin的人生按個暫停？這人真的混帳到不知道該說他什麼才好！走人了啦，別靜靜坐在這，不讓自己的手抖得比老人還凶。

　　接著，該死的Yuk先生又作主點了許多食物，而且全都是必須啃或者剝皮、剝殼的餐點！

　　「你也點一些吧。」哼！還有臉問！我前面跟你說的，你也沒有聽進去啊。

　　「目前點的就夠了吧。」

　　「點你喜歡的。」

　　我錢不夠啦！看看這價格，一個煎蛋貴到要220銖，主廚他媽的是拿鍋子在艾菲爾鐵塔上面煎的嗎？最便宜的應該是菜單最後這頁了……

　　「這個套餐可以嗎？」

　　「這是8歲以下孩童的餐點喔。」

　　「把拔，我才剛滿8歲，可以點嗎？」我忍著今生最羞恥的一刻，用著最可憐的眼神，看向較高的那個人。

　　可惡的Satawat先是瞇起眼睛，靜靜地看著我，然後才開口用最真摯的聲音說：

　　「他真的只有8歲，我指腦子的年紀。」

　　吼～～～我再也不要跟你出門了！好痛苦！

　　「我不點了。」

　　「那就先點這些好了。」大手闔上菜單交給服務生，然後轉頭向個勝利者一樣對我笑。

「你是不是討厭我？」這一刻，我再也藏不住心裡的煩躁，好幾次都覺得對方是在攻擊我，若再撐著不說，我怕之後會更糟。

「沒有，我討厭你幹嘛？」

「你的行為告訴我的，還是我有做什麼讓你不滿？」

「你沒有做什麼，只是看起來好欺負，我想捉弄你，懂嗎？」

「我是你的玩伴嗎？」

「不是啊。」

「那我們認識很久了嗎？」

「也沒有。」

「那你捉弄我幹嘛啦？」

「就想欺負你啊。」

喂！！！！！絕對不要妄想下次我還會跟你見面！

我試圖讓自己盛怒的情緒冷靜下來，不說話、不接一字一句，連他的臉也不想看到，所以我拿出手機滑著解悶，躲開面前這混蛋的狀態。

「螢幕快被你滑破了，抬頭來跟我聊聊天。」Satawat用著平穩的嗓音說，不見先前那種神經病的樣子。

「再聊下去，我怕等下會不小心往你臉上揍下去。」

「凶欸！」

「還能比這更凶！」

「好像狗狗喔。」

王八蛋……

不玩手機了！面對才是最好的方法，較量一下誰贏誰輸，就算

結果跟先前一樣也好。

「你想怎樣？」

「沒想怎樣，來聊一下嘛。我們都出來見面了，這樣說不定會
變熟啊。」呵，誰要跟你這種人變熟！但可能有些不好意思吧，所
以我像個好人一樣地回答他：

「之後不太會見面了吧。我的事，你已經沒有什麼需要知道的
了。」

「可能喔，你就是個一眼就能看穿的人，想什麼都寫在臉上。」
說得好像知道我一直在心裡偷罵你一樣！不過也是啦，雖然嘴上說
得好聽，但我的臉色卻不是那樣。

「你也一樣，臉有多煩，個性就有多煩。」

「我就當作是讚美了。」我是在罵你，可惡啊～

飲料先被送了上來，我拿起自己那杯，啜了一口。眼睛眨也不
眨地看向對面的人，那傢伙也一樣盯了回來，兩人像在比賽一樣，
誰先閉眼睛就輸了！

沒有任何一句話，沒有哨音，我只是盯著他並將白開水吞了下
去，絲毫不願意放鬆。

「你要脫窗了，到底在看什麼？」

「你先閉眼睛，我贏了！」

「閉什麼閉？誰跟你玩了。」

「少來，輸了就承認事實吧！」大個子搖了搖頭。

「OK，我上半身也許會輸，但下半身一定贏你！」

「幹！」

到底為什麼每次聊天，他都會歪到十八禁上面去呀？如果不說他是寫推理的，我都要以為他是寫偷偷販賣的 A 書了！

開胃菜一道道被送了上來，除了兩人聊天的聲音外，還有湯匙與叉子的聲音穿插在其中。在我舀完菜之後，對面的人也伸手過來舀菜，於是我看到了原先遮蓋在格子外衣底下的東西。

手腕內側的黑色刺青！

「你有刺青喔？」不知道這算不算愛管閒事，但從我被這個罪人不斷羞辱的角度看來，這個問題簡直太一般了。

「對。」

「是數字 1 嗎？」

「那個還沒刺完。」

「它有什麼涵義？是你想成為某些人心裡的第一位呢？還是……想成為作家界的第一名呢？」

「告訴你的話，我有什麼好處？」死 Satawat 居然學我第一次見面時的問題！當然，他這次的嗓音比我上次更神經病很多倍！

「我會請客。」

「不夠，來個新的提案。」

「那我不想知道了。」

「去，你很不大氣欸！」之後他叉起食物塞進嘴巴裡，吃得一臉享受，完全不回答我先前的問題，可惡！居然吊我胃口！

「其實，以前念書時我也想過要刺，但怕痛，所以就算了。」還有就是我不知道要在身上刺什麼圖騰，且如果哪天突然不喜歡了，還得辛苦地把它去除掉。

「你為什麼想刺？」低沉的嗓音問。

「大概是帥吧。那你呢？為什麼刺青？」

「不告訴你。」

「喂！想多認識彼此，但你卻什麼都不回答，是只想坐享其成嗎？」這是約吃飯還是約開戰啦？我開始累了喔！

「好啦，你問，你想問什麼，我通通回答你，不過交換條件是我也要問你。」

「可以～」哪有什麼問題。「那我問囉，你為什麼常戴帽子？因為禿頭嗎？」

話還沒說完，就看到大手輕鬆地抓著帽沿、摘下帽子，耙了耙被壓扁的頭髮，然後挑眉，像是在問說我滿意了沒有。必須說，我很滿意，他沒禿，而且拿下帽子之後，比原本還好看。這世界真是非常不公平！

「我是為了迴避周圍的目光才戴帽子的，雖然我喜歡獨處，但還是有無聊、想出門轉換氣氛的時候，戴帽子可以讓我不要成為目光焦點。」

「你這樣做才會更顯眼吧！」

「別人看一下就不會再注意了，但如果我不戴帽子或者口罩，他們就會忘情地一直看著我。」

「他們為什麼要那樣做？」

「因為我帥。」

噁心死了～～請給哥一個嘔吐袋！

「我不覺得你有必要那樣做。」

「因為你沒有我帥。」

吼～我踹你盲腸喔！討厭鬼！

你們看，才講不到三、四句話，他又找架吵了，我全身怒火都要被點燃了，要不是該死的食物陸續被送上桌，我們大概會爭得更激烈。

「像你這樣長得帥卻很白目，也是不行的。」

「之後你就會習慣了。」

「呵！」

除了該死的Satawat讓我壓力山大外，剝蝦殼跟啃炸雞還一起輪流來。我其實什麼都吃，並不挑食，只是比較懶惰而已。從小無論是蝦、貝類還是螃蟹，只要是必須剝殼的食物，我都選擇不吃，於是就變成一個改也改不了的習慣。

這次也一樣，炸雞用餐具切來吃，蝦則懶得剝，甘願地只吃旁邊的粉絲。

「你問過了，那換我問。」

「說吧，我能答就答。」我說，同時嘴裡仍津津有味地嚼著飯。

「除了村上春樹外，你還有喜歡什麼嗎？」

「我是寫歌的人，當然也喜歡聽歌，但有空時，我也會聽Film Score聽到睡著。」我所說的Film Score，也就是電影中使用的配樂，它沒有歌詞，只有旋律，但聽了會有好心情。

「喜歡誰的配樂？」他又問。

「約翰・威廉斯、史蒂文・普賴斯，還有漢斯・季默也喜歡。」

「嗯。」

「你也會聽嗎？」

「不會。」

「講得像你知道一樣……」

「我會記住。」

我偷偷朝他撇嘴，卻還是被他發現了，但Satawat似乎沒有多在意，繼續問著問題：

「你喜歡看動畫嗎？」

「還好，上一次應該是看《你的名字》了，久到不知道是猴年馬月了。」

「那部好狗血。」

「很浪漫吼，我很喜歡男主角跟女主角叫對方名字那一幕。」我們分別沉默了一會兒，此時只剩下對面的人用湯匙叉子與大頭蝦搏鬥所發出的聲響，不久後……他就抬起頭、靜靜地看著我。

「三葉！」為了打破沉默，我模仿著動畫男主角的聲音。

「阿瀧～～～」

你爸啦！！！！！擠出這種尖細的嗓音討厭死了！

「你寫小說就好，不要再發出這種聲音了，聽得我雞皮疙瘩都起來了。」

對面盤子裡的蝦子被從中間叉起，然後仔細地被放到我的盤子上，這讓我傻了一下。

「這什麼？」

「蝦啊。」

「我知道是蝦，但你給我幹嘛？」

「看你懶得剝殼，所以幫你撥。」

「不用那麼麻煩吧，懶就不吃而已。」

「看在我那麼勤勞的份上，你就吃吧。」這是專制，對吧？而且還直勾勾盯著我看，我只能不甘不願地吃了。

「好吃嗎？」死 Satawat 居然還敢開口問！

「還行。」

不到兩分鐘，第二隻蝦又來到我的盤中，而且像機器一樣不斷地增加。需要剝殼的食物都上齊了，我也吃到胃要裝不下了，罵了一回，對方才停手讓我喘口氣。

你以為這就是今天最大的衝突了嗎？才不是，誇張到讓我差點腳軟的事情還在後頭。

「結帳。」大個子的嗓音是完蛋的信號聲，店裡穿著制服的女服務生拿著帳單走了過來。

我伸出顫抖的手接過帳單，而另一個人則尷尬地用手擦去前額的冷汗。

總共是 3250 銖。

可惡！花光光了……

記得錢包裡只有 2000 銖，就算再加上銅板也還差了好多錢。

「不好意思，請等我一下。」我跟服務生說，並附上一個意味深長的微笑，然後她就懂了，先走去服務其他桌的客人，給我有時間解決這筆帳。

「有什麼問題嗎？」對面的人問。

「我錢包裡的現金不夠……」說是這樣說，但卡裡更是沒錢，

只有93撒丹，什麼都付不了，連剛才吃的豬骨湯裡的湯也付不起。

「那要我怎麼辦？」

「你能幫我出剩下的部分嗎？大約是1250銖，一回到家就馬上還你。」我知道家裡完全沒有錢，但備案是將微波爐先抵押給他，等哪天有錢再去贖回來。

「那我出全部好了。」

「這……這樣好嗎？」

「其實我本來就要請你的，看就知道你最近沒有錢。」這平靜的句子戳進了我的肺，你直接罵我會餓死還沒有這麼痛啊！幹！

「好感動喔！」我說說而已，混蛋！

「騙不了人的，去重練！」

去死！！！又被識破了！

付完錢之後，Yuk少爺就帶頭走向車子，而我則像個奴隸一樣，緊緊地跟在後方，那傢伙在途中還試圖要找我聊天，但老實說，我的心已經飛上床睡覺了。

因為今天跟這個變種人奮戰太累了，我需要休息、緩個幾天。

「如果我們再見面，下次會發生什麼事呢？」那個問題用力地朝我襲來。

「我可能會懶得早起跟你見面吧。」

「嗯哼。」

「而且有好一陣子不想看到你的臉。」

「啊。」

我們各自彎身坐進車裡，直到日本車開始移動，旁邊那個人的

問題又再次襲來。

「那你感到很寂寞的時候會怎樣？」

「我就睡覺、聽歌，再不然就在家裡看電影。」

「很不錯。」

「寫歌也可以消除寂寞。」

「嗯。」

「那你呢？」

「跟你差不多吧。」

「愛學我欸！」

「不是學你，只是剛好有同樣的想法而已。」

「但在白目的部分，我比不上你。」

「讓我再問最後一個問題。」

「嗯，說吧。」

「如果有天你有了愛情，那你會怎樣？」

「……」空氣突然安靜了下來，我不解地轉頭看向那張帥臉。

「回答不了嗎？」

「問題太廣，不知道該怎麼回答。那你呢？回答得了嗎？」

「可以啊。」

「那你說來借我參考一下。」

「我會約那個人見面，然後花時間一起坐下來吃飯。」

那瞬間像是時間靜止，世界上所有的時鐘也停止轉動，我無法
確定他的答案想表達什麼，但或許我的大腦也一樣在那一刻停止了
運作。

那一瞬間……我真的什麼也想不出來。

鈴～

「喂……」

『欸，我準備好了！』

「準備好什麼？」

『出來打架！』

「喔！」

　　與住在作家身體裡的殺手斷了三天聯繫之後，週六晚上九點，我再次接到他的電話，最近日復一日的生活消失無蹤，令人頭痛的事又來了。

　　「我沒空，最近正忙著寫歌。」才怪！

　　我懶嘛，工作一點動靜也沒有，還是說，這是Chayin人生的低谷期呀！

　　『那剛好，讓我約你出來交換一下靈感，最近我不太寫得出來東西。』

　　那是怎樣啦！這麼湊巧就是了。

　　「但我……」

　　『十一點在Too Fast to Sleep見，遲到沒關係，我不會罵你的。』

　　「等一下！」

　　然後他就掛電話了，吼～～～令人生氣欸！約哪家分店也不說，智障！

而且每次都不讓人把話講完，害我綁手綁腳，無法動彈，最後能怎麼辦，逃不了只能去了。但一個人去又怕理智線會斷裂，所以我不忘打給跟我站同邊的朋友。

　　等沒有多久，那人就出聲回答……

　　『哈囉？』是愛睏的聲音，這隻死鳥！

　　「你在哪？」

　　『都晚上九點了，還敢問！』

　　「你在家了喔？」

　　『呵！在酒吧。』煩欸，混蛋！

　　「陪我去咖啡廳。」

　　『朋友，可以下次嗎？我今晚不太方便，正巧跟家族同輩出來喝酒，才剛到店裡而已，不好離開。』

　　「一點小忙都不行嗎？」我壓著嗓音祈求同情，但結果卻不如所想。

　　「對，幫不了你，今天你自己先去吧，我改天再去哄你，掰～」

　　Bird 就這樣毫不留情地拋下我，下次再來求我幫忙，我一定當作沒看到！我思考了一會兒，還是得疲憊地吐了一口氣。

　　總之，我這輩子是躲不開冤親債主了！

　　「我到了。」

　　這是我屁股在椅子上落坐後的第一句招呼。雖然這次 Satawat 沒有戴棒球帽跟口罩，但將他從頭到腳看一遍的話，還是只能說品味非常一致。

上衣 T-shirt 是黑的、及膝短褲是黑的、裝 MacBook 的筆電包是黑的，就連 Mac 的外殼也是黑的。

　　低頭往下看，還是一雙有白色條紋的愛迪達黑色拖鞋！

　　「你怎麼看得到我？我都這麼努力偽裝了。」是駒，真敢說，好會偽裝啊！

　　「你白目嗎？我說，整家店裡，就你最好找了！」

　　「太平凡的人會被世界遺忘。」

　　「是是是，你超帥的！」

　　「酷酷的！」

　　「是說你今天沒戴帽子來嗎？」

　　「有你在，我只會關注在你身上，其他人要看我就讓他們隨便看吧。」

　　「是吼，那右手邊四點鐘方向，她們在看你。」我小聲地說，並了然地將視線移到不遠處的一群女生身上。

　　「你怎麼知道？」該死的 Yuk 直接轉頭過去看。靠……是不知道假裝怎麼寫嗎？

　　「店裡就你最帥了，懂嗎？」

　　「她們在看你才對吧。」

　　「看我幹嘛，不懂！」

　　「你可愛啊！」

　　「……！」

　　「來嬌嗔一下我的名字吧。」

　　喂！！！可惡！嬌嗔個屁！是寫小說寫到精神不穩定嗎？這個

狀態，已經不是什麼殺手了，而是成天幻想的神經病吧！

「我是你的玩伴嗎？」

「說是飯友也行，都一起去吃過一次飯了。」我真的敗給他的狡猾了。

這讓我想起那天的事情：在我們飯後分頭回家之前，Satawat問我，如果哪天有了愛情，我會怎樣。而這個問題，我至今仍然沒有答案。

至於他說……幹，他居然將愛情跟友情相提並論，他會帶每個人去吃飯。

我大大地鬆了一口氣，因為我不小心想成別的意思很久了。

「還有，不要說我可愛，這個字是用在女生身上的！」

「我是寫小說的，這個字可以用在任何性別上。」

「我也寫了很多歌，我比你懂。」

「別爭。」

「我就要，明明一張帥臉在你面前，還不承認！」一邊說，還一邊指著自己的臉給他看，對面的人則瞇起眼睛看了過來。

「少騙自己。」

一聽到這句，我就不吵了，起身去點飲料，幹！再走回來的時候，就看到村上春樹的書被安放在我的靈感筆記本旁邊。

「這什麼？」

「你沒有的書。」

「又是從哪裡拿的？」

「贈書，從作家活動來的。」

「這麼好，謝謝啦！」說完我就拎起書本放進包包裡，然後我們的對話又開始進入沒營養的狀態，大概近一個小時。

「認真問，最近是不是有人工作太空了？」

然後傷感情的問題從對面嘴賤的人口中吐出。

「哪有空，我正在寫歌啊。」

「哪個樂團的案子？可以跟我說嗎？」

「其實，就……有好一陣子沒有案子了，所以我想寫歌去給公司參考。」

「寫跟政治有關的歌啊，一定紅！」

「你是想要我坐牢嗎？」

「你喜歡吃清湯的麵嗎？」

「啥？」

「我才好買去探監啊。」

「你超賤！」

「爽啦！」

混蛋啊……

我在手裡轉著鉛筆，不願抬頭看那個大個子，而他正用手指奮力戳著鍵盤，不知道在熱衷什麼。

「推薦個香菸的牌子。」我們各自沉默了一下子，於是我開了話題找他聊天。

「你抽菸嗎？」

「抽過一次，但味道太糟了，所以不抽，也許是牌子的問題吧。」聽人家說香菸會讓腦袋清楚、思考變快，這麼有用的話，應

該對我賺錢養自己會有點幫助吧。

「其實，萬寶路跟BLACK都不錯啊。」

「我等下去買。」

「不要抽，那對身體不好，而且嘴巴還會變黑。」

「你是有在怕喔？」

「我喝草莓牛奶中和啊。」

你哪來的理論？？？是覺得草莓牛奶的粉紅色能把你嘴巴上上下下都漂得像小女生一樣嗎？混蛋！

「你的想法好幼稚！」

「我沒有抽很多。」

「自己也抽，還想禁止人家抽菸！」

「那我戒了也無妨。」

「嗯？」

「我要戒菸。」

「有那麼簡單喔？」

「不簡單啊，但我應該做得到。」

「是想戒很久了還怎樣？」

「你剛才說，我才想要戒的。」

我該開心嗎？身為朋友，本來就該希望朋友好，而且對方剛才也不希望我抽菸，這樣我應該也有權利讓他戒菸吧？很公平，很棒！

「不想推薦菸的話，那分享一下熬夜的方法吧。」

「用一點強力膠，保證好。」

「保證不想睡嗎？」

「保證你會死。」

拍了一下自己的額頭，我該習慣了，我是不會從這個人嘴裡得到好答案的！靠！

「我是還不想死，至於你，我就不確定了，你這欠揍的傢伙！」

「只對你這樣。」

「是沒有朋友喔？」

「Chayin，這個問題應該問你自己吧。」嘖！這人嘴巴真的很壞，如果能把他拖去廁所揍的話，我早就去了，才不要坐在這裡咬牙切齒，只在心裡想著復仇。

「我有朋友，只是剛好時間搭不上。」

「知道。」

「朋友都有交往對象或者結婚了，但你還單身，這件事曾經讓你有壓力嗎？」這個問題一直埋在我內心深處，而且答案一直都是負面的。

他從螢幕上抬起帥臉，手移去拿熱牛奶來喝，然後才回答：

「有壓力又能怎樣？打扮得帥帥的出門，並且立下一個要找對象的目標，然後看到誰漂亮就上去追嗎？這是誰給的壓力？是朋友還是你自己？」

「都有吧，說真的，你不會偶爾感到寂寞嗎？」

「會啊，但如果要這樣做，你確定會有用嗎？」

「至少有個好處，就是不用像單身時那樣孤獨吧？」

「沒有就是還沒遇到，好好過自己的生活，比趕著找個伴，最

後卻傷心收場好。」

「那我們怎麼知道那個人是對的人？」

「有些人是一見面就喜歡了，也有些人是認識後，慢慢才發現的。」

「你曾有過經驗嗎？」

「嗯，剛開始有這種感覺。」

「……」

「感覺說，熱牛奶比以前的好喝很多，你去點看看吧！」

凌晨一點十五分，這大概是兩個寂寞的人互吐苦水的時候吧。

是說……熱牛奶跟這件事有什麼鬼關係？除了不懂，還是不懂。

從坐在一起吐苦水到太陽升起之後，我跟Satawat沒有再相約、坐下來聊天過，但你相信嗎？接下來，我們幾乎每天見面，對！他會來我房前敲門。

話題都是短短的閒話家常，在門口聊個五分鐘就離開。

每一次，我都能拿到新的村上春樹的書，那人永遠一套解釋：從作家活動上得到的贈書，而我則在寫不出歌的空閒時間裡，坐下來讀每一本書。

直到有天下午，Top來電的鈴聲響起。

「怎麼了？」我出聲，然後通話的另一端也迅速回了話。

『你受訪的雜誌出刊了，晚點寄去你那。』

「喔？謝啦！」

『你最近怎麼樣？應該忙著寫歌吧？』

「就陸續在寫，偶爾會跟你認識的那位Callisto約一下。」

『耶？你跟那獨行俠有約？很有進展嘛！』

「進展個屁！而且他哪是什麼獨行俠，每天都出席活動，還能固定拿贈書來給我，你都沒在活動上遇到他嗎？」

『真蠢。』

「什麼鬼？」

『有哪個神經病會每天每夜出席活動啦？』

「就他啊！」

『我才剛看過那一長串被Callisto取消出席的活動清單，都長到明年去了。我就問你，誰會發神經去出席自己取消的活動啦？』

「什……什麼活動也沒有嗎？」

『對。』

「……」

『Chayin小朋友，你被纏上了……』

第五章 |

真相是個麻煩

　　他這句話，讓我拿著電話沉默了許久。

　　我不知道 Yuk 騙我的目的是什麼，怎麼樣都想不出可能的原因，要說他是想有個能解悶的朋友嗎？但他以往應該也是一個人生活啊。

　　若是想分享書的話，又為何要特地花錢買這麼多書來給我呢？若是想找人分攤餐費，可最後付錢的人又都是他。到底有什麼理由讓他想把像我這般完美的男子拉進他的生活呢？

　　好煩喔，真是討厭死我的帥了。

　　『Chayin，你是死了嗎？』直到通話另一端傳來的聲音才喚回我的理智。

　　「你才死了咧！」

　　『你沉默太久了啦，所以 Callisto 現在是在追你嗎？』

　　「追個鬼，才沒有那種事咧！」

　　『聽起來就有，他感覺超常來鬧你的。相信我，不用多久你就會上鉤了！』

　　「很會自己幻想嘛！」我聲音顫抖著頂了回去，突然很害怕某些事會發生。

　　『我跟你說，Callisto 在作家界無人不知、無人不曉，然後你

知道嗎？他之前從來沒有提過女生或者跟誰在交往，你說奇不奇怪？』

　　Top 在出版界工作，他因此交友廣闊，還知道許多作家們的脾性怪癖，Yuk 當然也包含在其中，而且從訪問那天起，他們就逐漸熟識了起來。

　　「他那麼獨行俠的人，怎麼會說給別人知道？」

　　『你這就不懂了，他不說絕對是在掩飾他喜歡男生的事情。』

　　「是吼！」這句話重重地切中了我的心。

　　過往的情況不停地蜂擁而上，有見到對方的那幾天都讓我感覺不太對勁，Yuk 的行為有些很奇怪，還有他說的一字一句都在暗示說，那些猜測是真的。

　　可惡！少來煩我，我是想要有馬子的人啊！

　　「那……那個 Top。」我聲音都抖了起來，收拾了一下理智才出聲繼續說：「先這樣，我突然想到衣服燙到一半。」

　　『嗯嗯，有事需要幫忙再跟我說，然後等著收雜誌吧，大概兩三天就會到了。』

　　「謝啦！」

　　在掛了 Top 的電話之後，我在沙發上趕緊壓碎乾泡麵來吃，藉此減緩煩躁，突然就想起一個人。

　　不知道他這時候醒了沒？可惡，這傢伙本來就夠難叫了！但我無法靜下心來，心裡的懷疑一直在不斷增加，只好撥電話給我親愛的朋友，也就是那個還會在泰國待上近一個月的同班怪胎──鳥神是也。

『幹嘛？』回覆的聲音聽起來非常想睡覺，真是不敢相信，都下午一點多了，他居然還軟爛在床上，跟我猜得一模一樣。

「都要兩點了，是要睡到家破人亡嗎？」我說話刺他，然後也得到了十分痛的回答。

『我都沒說你傍晚六點才起床咧！』

「我早上才睡咩。」

『那我這是喝醉好嗎？』聽說他去美國念書之後，就開始愛跑趴喝酒，日子一久，我想，應該比我誇張多了。

「你宿醉喔？」

『不然咧？昨天三點才回家。』

「那你快點起來回答我的問題，然後再接著宿醉。」

『有病嗎？你又搞什麼鬼？太寂寞了嗎？』另一端諷刺著，要不是看在兩人有很久的交情，外加唸書的時候都抄他的作業，我真的是要跟他絕交。

「沒事啊，只是想找一下寫歌的點子而已。」

『好好～你快說，這樣我才好繼續睡。』

「你念書的時候，剛好有朋友是……Gay 嗎？」不知為何，這個字有夠難說出口的，不知道是不是因為在害怕說，如果 Yuk 真的是 Gay，我會不會有被他騙去吃掉的風險。

而且他還是寫了一堆謀殺案的推理小說，說不定哪天沒注意，就被他騙去殺掉，埋在房間裡。

『很多啊，問這個幹嘛？』

「那 Gay 會有什麼行為呀？」

『就喜歡男生啊！Chayin你是傻了嗎？問這什麼智障的問題！』

「說一下其他有的沒的行為舉止啦。」

『看人吧，有些Gay的行為舉止跟喜歡女生的男生沒有兩樣啊，這件事……真的滿難解釋的。』此路不通，他的回答一點也沒有幫助我理解。

「那麼假設，這是我假設的喔！如果有個男生跑進你的生活，會約你去吃飯、喝咖啡、每天拿書來給你，然後說話都語帶雙關，這種人像是Gay嗎？」

『這是你的事情還是誰的？這應該不是假設性的問題吧。』反應快得要死！！！

該死的Bird將我逼到了絕境，但為了不想讓人知道自己的擔憂，只好將所有的事情推到別人身上。

「朋友的。」大聲地回答，為了不讓對方發現我在說謊。

『你哪有什麼好朋友會講這種鬼事給你聽？大學的朋友也棄你而去了，你只有我而已！』除了會唸書之外，連八卦跟抓人家小辮子也都掌握精隨啊！

「就O那傢伙啊，跟Aaw，還有Chon也會。」

『屁，他們才不會去問你咧，不然你會一整年都那麼寂寞嗎？快說，是誰這樣對你？』

「Bird，先這樣，我想到我有事情要忙。」我作勢要掛電話，但他強硬的聲音插了進來，音量大到我的耳屎都在跳舞。

『不准掛！你承認有人在追你了吼！』

「我一個字都沒有承認！」

『不好意思喔，Chayin！從你努力想掛我電話的時候，你就承認了！讓我見他！』

「不要！」

『這樣我才能幫你分析，看看這個人到底是不是Gay啊，難道你不想知道嗎？』我立刻認輸，他用這件事當餌，Chayin實在拒絕不了啊！

我不喜歡有事情卡在腦子裡太久，有任何懷疑都要找到答案，就像每一天都在努力調查0832/676的事情，但什麼都沒有發現，這件事就夠令我頭痛了，不要再讓我掛心別的事情了！

「好啦，等哪天有空，再讓你們見面好了。」但一定不是最近，再給我一點時間調適心情。

『但我今天會去找你喔，剛好很閒。』

「那你快去洗澡洗臉，我帶你去喝黑咖啡。」

『哼，抱歉吼朋友，看你現在的樣子，你有錢嗎？』

「機車！」

『我哪時到了再打給你，先讓我再睡十五分鐘好了。』

不讓我再多說什麼，親愛的朋友就立刻掛了電話，丟下我一個人在心裡詛咒他，手上還壓爆泡麵弄得一身髒。

兩小時過後，敲門聲響起，Bird看似對來找我很樂在其中，但事實上，平常每次叫他來，他總是推三阻四的。

「這次願意賞臉了？」總得來說，我在虧他。

「討論工作的話，我是沒空啦；但要八卦別人的話，我隨時有

空！」超靠北的，而且他一到我家，連話家常都沒有就趕去開冰箱，然後像他是我媽一樣嘮叨個沒完，從上次打掃家裡是什麼時候，到冰箱沒有汽水可以喝、窮到啃牆角當飯之類的。

哼……有錢的大爺，等你哪天跟我一樣沒工作，你就知道了！

翻找了一圈只剩白開水跟乾的泡麵可以吃，我們就打開電影一起沉迷其中，儘管此刻的重點已不是先前電話裡所聊的事。

「我的程式如何？用起來有什麼問題嗎？功能都還OK吧？我還有寫輔助功能進去喔，可以一邊用一邊聽歌呢！」

「是喔？我現在才知道，晚點來試用看看，不過主程式沒有什麼問題就是了。」身旁的人點點頭，似乎相當滿意自己的作品。

「那個男生是誰？是0832/676嗎？」看吧，進到重點了。

「是個頭啦！你真的很會八卦別人、捕風捉影耶！」

「你不是別人，你是我朋友吼！」

好感動喔……幹，你的目的是八卦吧！才感動了一下，就開始覺得他很煩，因為我非常清楚他的本性。

「少取巧討好我了，那個人是個作家，在被Top訪問時認識的，但事情沒有結束，因為在那之後，他一直來煩我。」

「不好嗎？這樣你就不會寂寞啦！」

「當朋友的話，是不錯啦，但如果他是Gay……」我沒有把話說完，只是盯著好友的臉，代替後面沒說的話。

「Chayin，你不是這樣的人。」

同班的大怪胎只吐出了一句話，卻讓我愣住了，因為他的眼中，充滿了不敢置信和失望。

「怎麼了？我做錯了什麼？」

「你平常不是這麼小心眼的人，你會從個性去選擇要跟誰來往。就像我，這麼怪胎，是班上的角落份子，長得也難看，但也沒見過你用印象去判斷一個人啊。」

「……」

「單靠性向就能判斷一個人的好壞嗎？」

把我看得那麼壞……

「不是那樣，但怎麼說……就我只是想知道那個人是什麼狀況，這樣跟他相處的時候，才知道要怎麼辦，不是故意看輕或者討厭什麼。」

「他喜歡你的話，你會接受嗎？」

「別人或許可以吧，但如果要跟他交往的話，還是讓我單身到白髮蒼蒼好了！」

「你沒有接受事實。」

「我有接受事實，但他那個白目個性，我真的接受不了。」

「讓你遇到一個能馴服你的人吧！然後就瘋狂折騰他！」

「看我的嘴型，誰……折……騰……」我一臉認真，Bird點點頭當作知道，繼續用壓碎乾泡麵來殺時間，直到敲門聲再次響起，我心頭一驚，手臂上的寒毛都自動立了起來。

我沒有想到……

「誰來了？」Bird問著，但他的眼神好像知道門外的人是誰。

你會來我家找我，是計畫好的吧！混帳朋友！

「你在那裡坐著，不用跟著我出來露面。」我一邊交代一邊走向

門口，深深吸了一口氣，緩緩吐出，然後才轉動門把。

「嗨～」

猜得沒錯，是Satawat站在門口，他一樣還是穿著同色系的衣服，但戴了一頂沒看過的新帽子，腳上的愛迪達拖鞋十分眼熟，然後手上還拿著一本英文版的村上春樹。

「要來幹嘛不先打個電話，我……我才能準備一下。」

「幹嘛準備？是打算一邊脫衣服、一邊來幫我開門嗎？」

滿腦子只會想這種事，滿肚子壞水沒地方倒！

「討人厭！你是要拿書來給我嗎？謝謝。」我立刻從大手的手上搶過書，想說收了之後，對方能夠趕緊回家，就像之前每一次那樣，但不希望的事情還是發生了。

「Chayin，是誰來了呀～～～～～～」

去死！該死的損友不只開始搞事了，還到門口探出臉來跟Yuk打招呼，我真的討厭死他臉上那燦爛的賤笑了！

我說你以前就只會唸書而已，這種爛個性是從大學同學那裡染上嗎？

「你朋友來找你喔？」大個子好奇地問。

「你好，我叫Bird，是Chayin的摯友。」

「我叫Yuk，沒想到Chayin有朋友。」

「就是，除了我，平常可沒有人要理他咧。要先進來嗎？但會有點亂喔，這傢伙是班上最髒的那個。」

混帳，當自己家還不夠，居然還有臉邀請外人進來。

「沒關係，我能接受。」

「哇嗚！！讚喔！！」

這隻臭鳥……

「你經常來找Chayin嗎？是朋友還是……」Bird一邊開口問著，一邊引著Yuk到沙發上坐，沙發的前方正放著泡麵的殘渣碎屑。

「不算是朋友啦，我更像冤家一點。」

「哈哈，好喔。是說你今天有空嗎？我跟Chayin要去吃海鮮Buffet，約你一起去似乎是個好主意。」

你在講什麼東西？哪時同意了，我怎麼不知道？

我用力拉了幾次Bird的手，試圖叫他閉嘴，但每次都被毫不留情地甩開。我案子也沒有、錢也花光了，哪還有臉再邀請陌生人去吃海鮮Buffet，我這到底是什麼倒楣的日子！

「Chayin不是不喜歡吃需要剝殼的食物嗎？你們兩個是真的要去吃海鮮嗎？」

「喔吼，這麼懂他，我都還不知道呢～～」拉那麼長的音是想幹嘛？我忍不下去了，必須出聲制止他。

「閉上你的嘴！」

「我興奮呀，有新朋友耶！Yuk，那裡不光只是海鮮而已，也有豬肉跟牛肉，你就跟我們一起去吧！」

「嗯，今天正巧有空，希望不會打擾到你們。」

「不會的。Chayin聽到了就快點去穿衣服，我真的好餓！」

一說完，該死的Bird還把我推進了臥室。現在呢，我氣到差點揍他的臉，但看在兩人是朋友的份上，我只有把對方的領口拎起來，讓它皺掉而已。

「你玩什麼把戲？」

「冷靜一下，我這都是為你好。」看看這個狡辯，以為我真的會信嗎？

「為我好個屁！你在讓我神經衰弱吧！」

「你先聽我說。」說完，這個人就立刻從他的領口將我的手拉開，然後才繼續解釋說：「你不是想知道他是不是Gay嗎？想知道他是喜歡你還是本性如此，對吧？如果想知道的話，你就該照我說的做。」最後，我再次被Bird的理由騙到。

「好啦，我就聽你這一天！所以我該做什麼？」

「要觀察跟測試，像是吃東西的方式、拿湯匙跟水杯的方式跟品味之類的，然後我再慢慢測試他，你只要隨機應變就好。」

「OK！」

「Buffet吃完之後，我還會邀他去喝啤酒。」

「你發瘋喔？」

「少笨了，酒後吐真言，你要相信我吶。」

因為是你才不能相信！

我一句話也沒有回，只是看得這個怪胎友人的笑臉，不太放心。因為Bird還約了要續攤喝啤酒，今晚這場聚會大概會很長，於是我換裝完成、要離開房間之前，還不忘登入那個快要成為慣例的程式。有隻大熊每天晚上在MSN裡等著聊天，如果今晚……

Chayin says：今晚不會跟你聊天喔，大熊要乖乖的

我也只能留下訊息而已。

我搭 Bird 的車，而 Satawat 則開自己的車跟在後方不遠處。在車程中，我們討論了一下目標，同步一下彼此的理解。

「Yuk 有什麼跟其他人明顯不同的地方嗎？」Bird 的問題讓我必須花一點時間去思考，一邊想，眼睛一邊咕嚕嚕地移動著。

「穿著吧，他沒有穿過什麼彩色的衣服耶，平常都只看到他穿深黑色，有時候還穿得跟殺手一樣。」

「就是這樣！」大怪胎大聲地拍了一下方向盤：「喜歡隱藏自己的人，反而會過於掩飾自己。說不定，Yuk 喜歡的，其實是粉紅色呢。」

「他喝草莓牛奶。」

「合理！只有吃的東西掩飾不了。」

也對，我立刻想吃涼拌蛇肉……

「你得問他，為什麼喜歡穿這類的衣服，然後我再用我十分聰明的頭腦幫你評估。」

混蛋，討論我還不夠，居然有時間炫耀自己！討厭鬼！

「是是是，還有什麼要補充嗎？」

「跟不熟的人聊天，也許會讓他有壓力，你得一直找他聊天，這樣氣氛才不會乾掉，最好能打電話叫 Top 一起來喝酒，這樣才好解開他內心的拘謹。」

聽起來不錯，因為自從兩人聊過之後，Yuk 似乎跟 Top 相當好。

「那我等下打給他，你先開車。」

我們迅速將所有事情過了一遍，一到店裡，Bird就直衝到最角落的桌子坐下，還將他的背包在旁邊的椅子上放好，表示我跟Yuk得順勢坐在同一側。

　　之後的十五分鐘，大家在各自去拿食物，正當都準備好要開飯前，Bird踩了我的腳當作信號。

　　「好吃嗎？」在做其他事情之後，必須要塑造熟悉的氛圍，因為我觀察了一陣子後發現，旁邊的人比較平常還少話，也許是因為Bird在的關係。

　　「還行啊。」低沉的嗓音回覆著。

　　這傢伙夾起牛肉塞進嘴巴裡，接著夾了最後一塊牛肉放進我的盤子裡，也沒看我一眼。

　　「不要這種，我喜歡油脂多一點的。」

　　「你身材都腫成這樣了，還吃什麼油脂多的！」

　　可惡！罵到臉都在抖了，該死的Bird則噴笑到差點來不及用手遮住嘴巴。

　　「Yuk，你喜歡黑色喔？」

　　Bird不想浪費時間，於是順口問了一個進入正題的問題。

　　大個子抬頭起來看了看，但拿著筷子的手也不忘翻著烤爐上的肉片。

　　「對，這好像是唯一適合我的顏色。」

　　「不過你滿好看的，應該穿什麼都適合吧。」

　　「為什麼喜歡穿得跟殺手一樣啊？」我立刻補充，於是旁邊的人轉過來看我，然後給了傷人的回答，像是用力剖開我心臟一樣。

「我的衣服是卡在你的胯下嗎？為什麼我不能穿？」

「不能好奇喔？」

「不用擔心啦……」

「……」

「如果我真的是殺手，你早就變成水裡的第一具屍體了。」

該死！！！

Bird嚇了一跳，嚇到不小心讓夾著的肉掉到桌面上，我們分別吞了好幾下口水，直到大個子再度打破沉默。

「我是個喜歡什麼就只會喜歡那一樣的人，有了喜歡的人也會全心全意地喜歡，所以我才會喜歡同個顏色、同個樣式、同個帽型，還有同個人。」

「好專一喔。」意有所指的聲音從對面飄了過來。

從鳥神的眼裡可以看出，他十分相信Yuk所說的話，如果不是跟他交情好，還知道他有個老婆在美國等他，我差點要覺得他會喜歡上Yuk了。

「但你也喜歡草莓牛奶啊。」我又問。

「我不是喜歡，只是遇到你那天，那間店有促銷而已。」

「是喔？」

也就是說……喜歡喝草莓牛奶的這項被刪掉了。

「對了，今天吃完Buffet後，Bird想約去喝啤酒，你有興趣一起去嗎？」得先進入正題了，不然等下忘記問。

「讓我想一下。」

「其實，你應該要去呀，因為你不去的話……」

「怎樣？」

「如果不去的話，我會⋯⋯」

「你要怎樣？」

「我會生氣。」

「好怕喔～」

沒有什麼可以討價還價了說，可惡！

「一起去嘛，會很有趣喔。」

「如你所願，我不想讓你氣得太累。」

啪！

鳥神又暗示性地踩了一次我的腳，於是我趁對方不注意，立刻將手指上的戒指拔了下來，等到一切準備就緒，繼續執行挑毛病計畫的下一步。

「吭鏘」一聲，銀色的戒指掉落在地上。

「哎呀，戒指掉了。」有點糟糕的是，戒指掉得比 Yuk 的位置還遠了一點，原先只想讓它滾一小段而已，Bird 那傢伙才好幫忙分析動作，但算了，這樣應該也還可以啦。

「⋯⋯」

「怎麼辦？它離你比較近。」

「我撿給你。」低音砲的主人說道，但他的動作卻讓我驚呆了。

給我等一下！

他居然脫了拖鞋之後，用腳指將戒指夾了起來，天殺的，真的是非常呵護我的東西呢！

「呃⋯⋯謝謝你。」你這是 Gay 的行為舉止嗎？不過戒指上面應

該已經沾染到腳臭味了，我不敢再戴回手指上。

「不客氣，它剛好掉到我腳邊嘛。」

「所以用腳撿給我是嗎？真是超令人感動的吼！」

「不需要那麼高興啦。」

「我的臉看起來像是高興嗎？」

「不像啊，你的臉比較像熊掌。」

「靠！」可惡！

「其實，你也滿鬆的。」

「什麼意思？」

「我是指你的手指，戒指都戴著了，還會讓它掉到地上。」

「少來找碴，小心會輸給我喔！」我語帶威脅。

「你也少找碴，小心會愛上我喔！」

「齁～～～～～～」Bird的聲音插了進來，我們轉過去把焦點放在他身上。「我是指牛肉熟了，好好吃吼～～～～」

但你塞進嘴巴的牛肉還是生的！蠢水牛！！

「你朋友是吃生肉的女鬼嗎？好奇怪呀！」

嘲弄我還不夠，還一起欺負我好友，這人真的生來就愛加碼贏過每個人欸！這點我認輸。

「Bird這個人就是這樣，亂七八糟的。」就像你一樣⋯⋯

還沒來得及把話說完，對方就夾著烤牛肉塞進我的嘴巴裡，喔咦！混帳，這很燙！我的嘴巴還完好如初嗎？

「好吃嗎？」

我瞪了他一眼，而那傢伙則給了一個大大的笑臉。

那是一個近到感覺很奇妙的微笑，在嘴巴裡輻射的熱度已經不再是個問題，因為我所有的注意力都飛向身邊的人，而他只是不停地盯著我看。

　　這次是要怎樣？看不懂耶，平常沒有人笑得那麼智障的吧！

　　「很燙嗎？」回過神，我趕快把嘴巴裡的肉嚼完吞下去，以便能盡量講一句、回一句。

　　「對啊！」

　　「為什麼附近的孩子都喜歡臭臉呢？」

　　「我沒有臭臉！」

　　「你是附近的孩子嗎？」嗚……我易怒了。

　　「我只是在自言自語，沒有在跟你講話。」

　　「要青菜嗎？」

　　「不要。」我的心情沒有長相那麼好看啦！

　　「那要草嗎？」

　　「我是人，不是水牛！」

　　「是喔？但很像耶。」

　　「損我損到爽了嗎？」

　　「還沒，想損你損很久。」

　　「先寄著！」

　　「不給寄，我又不是置物櫃。」

　　「啊哈哈，看你們鬥嘴好有趣喔，也讓我摻一腳吧，我剛好很寂寞啊。」Bird變身成英雄，俯衝下來制止那個神經病作家跟我之間的戰爭，接著摯友迅速轉回驗證對方是不是Gay的正題上。

「Yuk，你今天來……你家那位不會說什麼嗎？」

真會演，我喜歡！

「我沒有對象。」Yuk用平和的聲音回答著，手上夾著各種烤好的豬肉、牛肉及花枝，裝進我的盤子裡。

「真的？真是奇怪，居然還沒有對象，一般像你這麼帥的人，都會風靡萬千少女啊。」

「先前，我只是還沒遇到合我心意的人罷了。」

「那以前有對象嗎？不好意思，一直問東問西的，但我想跟你交朋友吶。」

真會鬼扯，假裝想跟你當朋友。

「中學交過一個、大學一個，工作之後還有一個。」

像是為了達到標的而設定目標一樣，害怕……

「那你還有繼續再交嗎？」

「先不交了，改找另一半，不想再為了找個對象而讓自己變回中學生。」

只是一句普通的話，怎麼我感覺我好像被罵了一樣。

Bird開始撤退，他用力踩了我的腳，示意換我前進，以免錯過時機。

「那你的對象是……男生還女生？」

「我回答你的問題有什麼獎勵嗎？」

Shit！還要談價錢！

「我烤豬肉給你吃。」

「成交，我的前任是女生。」

呦呼！！！放心了，再也沒有感覺世界如此光明過了！

「烤肉給我吃吧！」

那傢伙下了命令，這一次，我再心甘情願不過了。

「你要牛肉嗎？」看起來會太歡欣喜悅嗎？但很開心啊，反正Yuk不是Gay，因為他之前交過女朋友！

「也好。」

「要不要蝦？」

「吃啊。」

「你要什麼菜？空心菜？白菜？紅蘿蔔？還是要菇類？」

「要你。」

等等！你給我等一下！

我目瞪口呆了三秒之後，才轉過去看對面有著相同反應的人，Bird這次捏了沒熟的肝臟放進嘴巴，又把整個嘴巴搞得都是血，而我的心則掉到了踝關節附近。

「剛……剛才你說什麼？要什麼？」

「要你烤每一樣給我吃，想烤什麼都來。」

「喔～」去～Chayin的手都還沒抖完咧，玩這招是要嚇死我。

我一秒也坐不下去了，所以先離席去廁所洗了把臉。感覺還是好奇怪，突然心跳就變快了，不是因為感覺不錯而心跳加速，而是體內感到一陣暈眩。

過了一會，有新的腳步聲傳進了我的耳朵裡，我轉向廁所入口，就看見Bird跟著走了進來，臉上的表情十分興奮。

「欸……Yuk那傢伙一定是喜歡你，我肯定。」

「Bird，你在講什麼瘋話！他都說了，他的前任是女生。」

「那又怎樣，過去是過去，無法推論現在狀況啊。」我開始轉著眼睛去想，那些擔心又悄悄地爬了回來。

「那該怎麼辦？」

「你先跟我說他還有什麼地方怪怪的，我會幫你。」

「他喜歡女生愛看的書，就是那種寂寞路線，女生看了會喜歡的那種。」

「那是因為他是作家吧，這個刪掉。」

我腦中的一切就像被攪動的水一樣混亂，必須很專心才能有條理地思考出兩三樣事情。

「他喜歡跟我比小兄弟的大小，其實，說不定他的很小。」

「這點值得思考，有些人會特別將想隱藏的事情或者弱點拿出來講，就為了要贏別人。」

「還有，他曾經叫我嬌嗔他的名字。」Bird一聽到立刻張大了嘴巴，兩隻眼睛幾乎要瞪出來了，一邊用不曾聽過的顫音說：

「性奴……你一定會被他抓去當性奴的啦！」

「啥？」

「對了，他說要你嬌嗔給他聽對嗎？哪種叫法啊？」

「叫他的名字呀，我也不知道，大概是……『Yuk～～啊～』這樣吧。」

「你的表情看起來挺享受的啊！」

「給我掌……掌嘴……」這句話還沒說完，也不知道受到什麼感應，我們兩個不約而同地將眼神轉向不遠處，那裡站著一個意料

之外的人。

　　Yuk站在那裡！

　　他的眼神靜靜的，讓人不知道他什麼時候來的？站在那裡又多久了？更重要的是，他有沒有聽到我們所說的話？但這時，我整個身體變得遲鈍，努力在腦子裡尋找藉口去說明，但正當我張開嘴巴、作勢發出聲音時，對方就先搶了話：

　　「我來上廁所。」

　　「喔？我跟Bird剛好上完要回去桌子那邊了。」必須立刻接過話頭，不讓那傢伙起疑。

　　「嗯。」

　　「你哪時候來的呀？」

　　「剛剛。」

　　「那你……」

　　「怎麼了嗎？尿的聲音很大，所以我什麼都沒聽見。」

　　「對，也是，誰尿這麼大聲啊，哈哈……」

　　「尿那麼大聲，好像嬌嗔一樣，真奇怪。」

　　天殺的Yuk……

　　去！

　　你！！

　　的！！！

　　「唉呦，你不要想那麼多啦，就只是互虧好笑而已啊。」

　　好笑？笑你矮啦！

　　後來，我像個啞巴一樣，沉默地坐在餐桌前一直吃，除了埋頭

苦吃Satawat烤的肉外，什麼話也不敢說，這樣的氣氛一直延續到酒吧。現在，我還是什麼也不敢說出口，只能祈求時間過得越快越好，不然就期望地表裂開、讓我掉下去好了。

好在Top的到來，把我從地獄的深淵中拉了回來。

「嗨，大家，有等很久嗎？」

「不久，你要喝什麼？」Bird用問題打破了沉重的氣氛，而完全不知情的Top則讓沉重消失殆盡。

「聽你們說要喝啤酒，那當然要點啤酒啦！」

「OK，我等下幫你加點。」

「點吧，親愛的鳥神。」

開心到熱淚盈眶，這是我好幾個月來的第一次，可以跟朋友坐下來喝酒。我不寂寞了呦！而且今天還是一群人來，不過有一隻狗也跟來了，還不小心叫他的名字被聽到！

「對了，Chayin，這個順便拿來給你。」Top遞了雜誌到我面前。「Yuk，也有你的。」

「謝啦。」

本來就在猜，Top跟那該死的作家有慢慢變熟，但沒想到他們之間的稱呼已經變得那麼親近了，他下午還在那邊跟我八卦，不可靠的傢伙！

我翻看著雜誌上自己受訪的部分，上面用的圖是歌曲的MV女主角，那是我寫過最有名的歌──A Little Bliss的《你曾有過的愛》。至於，Yuk的嘛⋯⋯

照他的要求，在那張Top用在雜誌的照片中，他戴了帽子跟口

罩遮住了大半張臉，僅露出兩顆眼睛。

「各位，今晚要喝多一點，我工作壓力有點大呀。」

「好喔，不醉不歸！」率性的Top都開口了，勢必要盡力做到，只不過……

我僅存的1000銖……就要沒了……

大哭。

「Chayin，你行嗎？」媽的，Top問得像抓到什麼小辮子一樣。

「行啊。」

在我給了他一個明確的答案之後，他立刻就將注意力轉到了Yuk身上。

「話說，你怎麼會跟這兩個傢伙一起來呀？」

「正巧順道去Chayin家找他，然後Bird就邀我一起來了。」

「齁～你小心哪天切換不過來。」

「什麼意思？」

「今天找這個人，改天又約另一個，是什麼狀況？蛤？」

我豎起耳朵、努力聽著八卦，但還是搞不懂他們講的人是誰。

「只是朋友而已。」

「你說Chayin喔？」

「不是，是說我跟Dream。」

「那你跟我朋友呢？」

Yuk沒有回答這個問題，卻轉過頭來看著我，看似對我正在偷聽八卦的行為了然於心。

「看我幹嘛？又想叫我的名字嗎？」

靠！！！！

「Bird喝酒，大家也喝！」差點拗不過去，我跟大家舉杯敬酒，熱情地喝著酒，當作剛才的事情沒有發生過，但內心對Yuk的顧忌卻慢慢升起，讓我全身寒毛都豎了起來。

你記好，這社會就是這樣，連公認的大怪胎都不敢說話了。

不知不覺中，小酌變成了狂飲，前三杯只是喝來解憂，接著開始越喝越凶，不過我們幾個的酒量都滿好的，怎麼喝都不會醉。

「大家晚安，又到了每週五晚上見面的時間了，有想念我們嗎？」

「很想～～～～～」

「我想念你們每個人！」

靠……歌手長得還滿好看的，聽聽那些夜店女孩們的迴響，我猜他應該有不少粉絲才對。

這間店是我跟同班同學的愛店，因為它的氣氛不會太過吵雜擁擠，歌也好聽，當哪天演出的樂團有名一點時，店裡的來客就會明顯增加，今晚也不意外。

音樂聲開始響起，讓我們輕輕地沉浸在酒精及節奏當中，直到沉溺其中，而我則不停地喝著酒。

「你喝太多了吧？」

大手抓住了我的酒杯，我立刻轉過去斜了他一眼。

「不多……小case而已。」

「你有錢付喔？」

「我可以先跟你借嗎？」

「交換條件是什麼？要我先付的話，你要拿什麼交換？」

「我會幫你倒酒。」

「不划算，嬌嗔我的名字可能比較好。」

「去死！」

我聽見笑聲響起，接著我們的注意力轉到了在舞台中央站著的歌手身上，但比以往更特別的是⋯⋯

「這首歌是一個不想具名的女生點的，她想要送給坐在第十六桌、穿黑色衣服的男生。」

哇！是我這一桌，然後穿黑衣服的男生只有一個⋯⋯

SA-TA-WAT！

「什麼人那麼炙手可熱啊？」Top 拖著長音緩緩地講著，眼神意有所指地看向大個子。

「帶來這首《有幸遇見你》，因為大家今晚的愛情都能如願。」

「嗚呼～～～～」

先讓我去吐一下。

「你害羞喔？」抓到機會讓我虧一下吧！

「又不是第一次了，習慣了。」

媽的，去死，自戀狂！

「那你平常遇到有人點歌給你，你會怎麼做？去後台跟歌手要對方的聯絡方式？還是有什麼方法能延續這段關係？」

「就不管它啊，完全不想延續什麼關係。」

「真的喔？」所以才會單身那麼久！要說他是懼怕愛情，我覺得還比較可信一點。

「有人來跟你搭訕過嗎？要電話、問名字或者敬酒之類的。」

「吃我的醋喔？」

「有病嗎？好奇而已，說不定可以偷來用用。」

「大概沒辦法，你沒有那麼帥。」

是是是，全世界就您最帥了！老子我都沒有那麼自戀，可惡！

我停止繼續回嘴，轉回來坐著聽完別人點的歌，掌聲及歡呼聲充斥了整間店，不久後，節奏俏皮的歌曲又再次響起。

Top離開了桌子，沿著走道一桌一桌要跟人家乾杯，像是上輩子就認識了整間店的人一樣。最後，他成為了唯一醉醺醺的人，需要Yuk勾著他的脖子，將他拉回來，坐在原本的位置上搖搖晃晃。

「接下來是今晚的最後一首歌。」主唱仍盡責地演出，讓觀眾隨之起舞的俏皮曲風被換成了節奏較慢的歌曲，我猜最後一首歌應該跟失戀有關。

「有誰談過戀愛嗎？」

「齁～～～～～」

「沒有如願的愛情，最後我們還被拋下，只剩我們一個人孤零零的。」

「喔！我都心痛了！！」

「來唱這首跟愛情道別的歌吧！A Little Bliss的《你曾有過的愛》！」

「啊啊啊啊啊啊啊啊……」

「這歌……我朋友寫的！Chayin寫的！」

死Top！這天殺的！

我在心中大罵，當這全桌最醉的傢伙站起來、指著我的時候，此時，他那大聲自豪的話語迴盪在整間店裡。

　　音樂停了下來，主唱只能手拿著麥克風傻站著，整間店裡所有的人將目光全部轉到我的身上，我的身體感覺到周遭逐漸冰凍，不知道該如何是好，只能站起來，作勢要替這個喝醉的人低頭道歉，抱歉為大家帶來了混亂。

　　「我……」

　　「這是Chayin嗎？我是你的迷弟！」

　　「Chayin哥！啊啊啊啊啊啊啊啊啊～」

　　「各位，Chayin來店裡了！天啊，是Chayin，要死了！！」

　　還沒死，我還活著。

　　情勢突然逆轉，我完全不懂這什麼狀況。

　　之後，四面八方的人都往我這桌聚集了過來，來要求合照、來要酷酷的簽名，有些人甚至醉到快要吐在自己衣服上了，還是能拖著身體走到我們這桌。

　　「你寫的歌有夠好聽的，根本偶像，全國上下都會唱你的歌。」

　　「謝謝你。」聽了覺得十分開心，完全療癒了我這顆失業一陣子的心。

　　這首歌很有名嗎？應該算是吧，在YouTube上面有超過百萬的點閱數，下載的數量成千上萬，但那跟我一點關係也沒有，因為我只收了一筆錢，而且那筆錢已經隨著時間用光了。

　　「Chayin哥，可以跟你拍照嗎？」一個衣服幾乎是掛在胸口的女生擠了過來。

「可以呀。」

「可以跟你朋友一起嗎？就……滿喜歡你朋友的。」接著，她指向該死的Satawat。

「喂，妹妹說想跟你拍照。」

「好啊。」那傢伙沒有拒絕，所以她開心地拿出手機自拍，完全忘了自己之前有多醉，但事情就有趣在這裡……

她只有跟Yuk兩個人自拍！那我咧？

不久之後，又有一群女生走過來，每一個都美如天仙。

「嘿，我是之前點歌給你的人，可以問你叫什麼名字嗎？」

「我叫Yuk。」

「可以要LINE嗎？」

「齁～～～～」安靜了很久的Bird開口虧他，我一邊撇了嘴給他看。我承認你長得好看，但還沒有我帥啦。

「Chayin，我很喜歡你。」我放棄關注旁邊的人，立刻將焦點放到新來的人身上。

看他的長相跟打扮，我們年紀應該差不多，他是跟另外兩個朋友一起過來的，手上沒有拿著任何酒精飲料，只有帶著手機過來。

「謝謝。」

「我聽了你每一首歌，但沒想到你本人那麼可愛。」

可愛？他是否搞錯了什麼？

「呃……謝謝您。」我禮貌地說，雖然他的稱讚讓我心裡覺得怪怪的。

「可以跟你合照嗎？」

「好啊。」

「那可以跟你要聯絡電話嗎？」

「聯絡工作的話，可以透過我的粉絲專頁喔。」

「喂，結帳回家吧！Top不行了。」我的粉絲還沒說話，旁邊的那個人就插了話進來。

「你有看到我正在跟人家聊天嗎？你去旁邊跟女生講話啦！」

「講完了，我們該回去了。」

「煩耶！」看別人有人氣，覺得羨慕吼？

「呃……您是Chayin的朋友嗎？再給我一點時間就好。」也許是看到我跟Yuk還達不成共識，於是歌迷就尷尬地開口問了。回答他的不是別人，就是這個住在作家身體裡的殺手本人。

「不是朋友，我是幫Chayin處理事情的人。」

「詞曲創作人也有經紀人喔？」

「不是，是處理喜歡來打擾他的人。」

「……！」

「想追他？」

「……」

「不好追喔，要來一對一嗎？」

「你搞什麼鬼？」我用不爽的聲音問。

「就說我是幫你處理事情的人啊！」

「……」

「優先處理你！弱爆了！」

「……!!」

Bird突然蹦了起來，他的視線在我跟Yuk之間來回交替，眼睛都要瞪出來了，然後才用極小的聲音呢喃說：

　　「很明顯⋯⋯真的⋯⋯」

　　不對，現在這個狀況應該說是：

　　破產了⋯⋯絕對⋯⋯

　　靠！我是醉到幻聽了是嗎？回答我！

第六章 |

YukYin Couple

　　我的男歌迷一臉尷尬地被假經紀人趕回自己的桌子，但還好他們沒有打起來，沒有取代台上的樂團替店裡炒熱氣氛，不然就好玩了，到時候，看到的要不是Yuk爬出店外，就是看到我這個罪魁禍首被酒瓶尻頭。

　　「我結完帳了，走吧。」低沉的嗓音傳了過來，我抬頭看了離我站得很近的人，他臉上寫著不滿。

　　我是你兒子嗎？是在命令幾點的？

　　「就已經要走了，不用等你來說。」

　　「你這個表情就不討喜了喔。」

　　「我要用什麼表情，關你屁事！」

　　「所以是要走了沒？」

　　「我等Bird上完廁所回來。對了，酒錢多少？我幫我的兩個朋友一起出。」我一手抓著錢包，準備付錢。

　　「全部4300銖。」

　　「啥？」手拿著薄薄的千元紙鈔抖得厲害。

　　「除以四，每個人是1075銖。要幫你朋友出的話，總共是3225銖。」不要說幫忙朋友出錢了，我連自己的份都不夠。

　　是誰！是誰喝這麼多？

當一轉頭看到醉醺醺、趴在桌上的 Top，答案就一清二楚了！媽的，他連最後一滴酒都要清空、倒進肚子裡面，而且一般的啤酒還吞不下去，非得要喝那種很貴的啤酒，說對胃比較好，呸！

　　我好難喔我！

　　「呃……好像又忘記領錢了，先給你 1000 銖，日後我盡快還你錢。」說完，我立刻將我人生中僅存的千元紙鈔抽給他，藉此營造我日子還過得下去的假象。

　　「沒關係，我幫你出。」

　　「不用做出大爺的樣子，反正我是不會忘記你對我的歌迷做了什麼的！」

　　「這是幫你，難道你是希望他追你嗎？」

　　「誰要追我？他只是跟我要工作的聯絡方式而已。」

　　「傻到現在還在傻。」

　　媽媽～～～

　　痛到我不知道該從何解釋起，混蛋！被十來個人踩到腳都沒有 Yuk 的這句話來得痛！連我媽都沒有這樣傷過她兒子的心耶！

　　「吼～要哭了喔？好啦，兩千拿去，不要哭了。」灰色的紙鈔被放到桌子中央，我一臉不滿地低頭看了錢，再看看 Yuk 的那張臉。

　　「想要拿錢砸我是嗎？」

　　「我好好放在桌上，哪有拿錢砸你了？」

　　可惡！媽的，我不爭了，反正吵了也不會贏！

　　我轉了過去，只留一個後背給他看，等著 Bird 走回來，這樣我就能脫離這個不祥的循環，但一等再等，還是不見好友回來，最後

只好走去廁所找他，但壞消息是：他不在那裡。

我立刻從醉茫茫的狀態醒來，大步趕往戶外停車場，就這麼剛好，他開來的車連個鬼影子都沒有看到！天殺的Bird，你竟然忘記我了！

我打了數不清的電話，試圖聯絡Bird，但他一通電話也沒接。於是，一直到Satawat扛著失去意識的Top走出來時，我仍然站在原地、氣得七竅生煙。

「你朋友咧？」他問，於是我半是回答半是抱怨地說。

「回去了，忘記他有帶我一起來。」

「那一起走吧，我也要載Top回去。」

「我可以開Top的車送他回去，你自己回去吧。」講白了，我就是不想跟他這個披著殺手皮的作家一起走，所以必須想方設法擺脫他。

「Chayin，你知道Top家在哪嗎？我猜你不知道吶～」

「……」對啦，我倒楣了我。

最後，我們只好將這醉鬼記者的車停在這裡，然後一起搭Yuk的車回去，我也這時才知道，他們兩個人已經熟到知道彼此的住址。在我們將Top扛上他家、安頓好之後，我又再次出現了呼吸困難的症狀，因為現在，我得單獨坐Satawat的車離開。

「送我到公寓門口就可以了。」

「嗯。」

沉默壟罩著車裡，我非常努力憋著不說任何一句話，放任死氣沉沉的氣氛蔓延，然後沉默慢慢被輕音樂的聲音還有冷氣吹出的涼

意取代。

　我不知不覺就閉上眼睛、睡著了⋯⋯

　等到再次有意識時，是聽到車子停好的引擎熄火聲，我伸了個懶腰，然後睜開眼睛，轉過頭，認真地向送我回家的人道謝後，趕緊下了車，但眼前所看到的景象卻非常陌生。

　「喂！這裡不是我的公寓啊。」

　「喔，我醉到忘記要送你回家了。」

　看這什麼回答！

　「少裝，你是要把我丟包去哪？」我仍大呼小叫個沒完。

　「我的公寓。」

　「⋯⋯！」

　「對不起喔，我裝醉。」

　然後，旁邊這該死的傢伙就開門下車了，丟下我綁著安全帶坐在車上好一會兒，我才不得已下了車，什麼也不說。

　「今晚夜深了，先睡我這裡吧。」

　「不要，我要叫計程車回家。」

　「你有錢嗎？你的一千還在我這裡喔。」

　祈求⋯⋯眾神慈悲喔！

　真恨自己怎麼可以窮到沒有錢搭計程車，到底誰會這麼遜，取了一個代表勝利的名字，卻什麼都沒有贏過。

　如果扣除幼稚園拿過的賽跑比賽獎牌後，我的人生就沒有什麼好值得驕傲的了。

「想睡了嗎？」那傢伙問，我在他背後跟著慢慢走。

「不想。」

「嗯。」他走進電梯，沒有再多說什麼，然後按了到32樓的按鈕，這應該是這棟公寓最上層了吧，但我沒記錯的話，靠，Yuk住的是21樓吧！他是不是要把我騙去殺掉啊？

「欸，等等，你家不在32樓。」我出聲質疑他，大個子轉過來對著我露出了微笑。

「你記得喔？」

「你說過，而且我記憶力很好。」

「知道了。」但卻沒有多得到什麼答案，直到電梯抵達最上層。電梯一打開門，Yuk立刻走向最右邊的防火梯。

「我們是要去哪？穿越去《魔戒》裡的剛鐸遊玩嗎？」

「也不算啦。」

我們又爬了好幾層樓梯才看到了一扇深灰色的門，Yuk的大手將門栓拉開、用力地推開了門，門後是一股微涼的清風撲面而來，帶來了一陣沁涼，讓先前鬱悶的心情隨之消散。

這裡，其實就是公寓的樓頂。

「過來這裡，這邊風景很棒。」

「你以為我是會為了這些事情而興奮的小孩子嗎？」附近都是大樓，天空也黑漆漆的，一顆星星也沒有。但奇怪的是，當我站到及腰的露臺上時，感受到的氛圍卻於原先所設想的樣子完全不同。

十來條的馬路交錯著，各種車輛仍在上頭奔馳，只是不如白日擁擠。高樓裡透出來的燈火輝煌，光線彼此競逐成一幅圖畫，讓人

不經看迷了眼。我平常是不會上到樓頂的，因為認為樓頂的景色跟在自家陽台看到的無異，但這個想法最後卻被打破了。

「景色還行嗎？」大個子問。

「還不錯。」

「其實這裡不太有人會上來，所以後來，它就變成了我的秘密基地。」

「主人家不會說什麼嗎？」

「我也是主人之一，購買公寓的人都有權使用。」

「哪來的自信（Gor）？」

「不知道，跟老鼠石斑（Gor，Cromileptes altivelis）不熟。」

你有幾秒鐘不鬧著我玩是會死嗎？

我們有好長一段時間沒有對話，只是任由風一陣一陣地吹拂著自己，這讓我酒醒了很多，我轉過頭去偷瞄了幾次身邊的人，而那傢伙像是有發現一樣，也好幾次轉過來用好奇的眼神看著我。

其實，我還有一些疑問懸在心裡，但沒有足夠的勇氣問出口，只好一直兜圈子。

「我記得在酒吧裡有好幾個人跟你要電話，你最後拿到了幾個？」

Yuk 看了過來，順便回答我的問題，好像一點也不興奮的樣子。

「一個也沒有。」

「怎麼可能？」

「因為我不想拿。」

「帥過頭了吧！」我忍不住語帶嘲諷。

「真的是這樣，你沒有我帥，你大概不會懂。」

喔吼～真的很看輕我耶！好歹我當年也是系啦啦隊的門面好嗎？雖然曾有人說我長得像鯰魚什麼的，但隨便啦，我還是對我的長相很有信心的。

「我告訴你，當年讀書的時候，也是有不少人追著我尖叫，不斷有人送點心或鮮花給我，帥到整個系的女生都自己送上來的，好嗎？」

「那現在呢？這些人哪裡去了？」

「別白目好嗎？那是因為我喜歡獨處。」

真的嗎？我自己都差點信了。如果我是含著金湯匙出生的，說不定現在已經開一家自己的色情按摩店了，才不會像現在這樣，每天都期盼要遇到真愛。

「好喔，真的是非常『獨處』呢。」

看他那個虛情假意的點頭，讓我必須再吹噓一點。

「不信嗎？像我連百貨都不敢逛，怕會有小野貓黏上來。」

「不是你沒錢出門嗎？」

「你誤會了！」一說完，我馬上抬起手把頭髮撥開，露出我的額頭給對方看。「看到沒？額頭上的痘痘，我故意弄的。」

「怎麼說？」

「我故意不洗臉，讓自己看起來醜一點的，真是好討厭我的帥喔！」

「要我承認也行啦，你很好看。」

「對吧！」我笑得像個勝利者，這是第一次裁判站在我這邊，

我有一點點自豪，那是從幼稚園之後就不曾有過的感覺了。

「有夠像小孩子的。」Yuk靜靜地看著我的臉，周遭的氣氛又開始轉變，然後迅速改變了話題：「你相信今天是我的生日嗎？」

我不知道現在我的眼睛到底睜得多大，但我承認，我是真的很驚訝。

「嘿？真的？」

「明天也是我生日，後天也是。」

「哪個瘋子會每天過生日呀？」

「哪天都可以是我的生日，如果我想的話。」

你的忌日也一樣啦，總是那麼白目！

「生日也是平凡的一天。對我來說，任何重要節日真的都很平凡，今天也是平凡的一天，但我想把我的感覺告訴你。」

在我喝醉的時候嗎？

我的感覺正在跟我說，面前這個人的行為不太對勁。我們兩人並肩站在樓頂的露臺上，較高的那人轉過來看我，他的眼神真摯到好像可以伸手碰觸到一樣，也因為他這樣的目光，讓我的心不安了起來。

我也理不出自己在害怕什麼，同時也只能祈禱事情並不是如我所想的那樣。

「我喜歡你。」

「那又怎……啥？」我嚇到向後退，但手腕卻被拉住了，讓我無法退後，也無法暈倒。

我不敢相信自己的耳朵，想問卻又不敢問，擔心聽到的事情會

成真。我現在應該滿臉慘白，但我也不知道該怎麼辦才好。

　　我花了好長的時間才拾回自己的理智，而對方也沒有再開口多說什麼。

　　「那個，我已經長大成人了，沒有時間玩小孩子的遊戲。」我用認真的聲音對面前的人說。

　　「但你的個性卻還像個孩子。」

　　「你才像個小孩吧，知不知道你剛才說了什麼？你是喝醉了嗎？還是說著玩的？我告訴你，這不好笑！」我壓抑地說出每一句話，另外還有很多沒有說出口的。

　　「我說的話是認真的……從初次見面就喜歡你了。」

　　低沉的嗓音很輕，輕到好像會隨著風消失殆盡一樣。

　　這種欠揍的傢伙、死人臉，然後他身上的一切看起來還很奇怪，為什麼要說喜歡我啦？為什麼要說出這麼令人震驚的話？

　　「但我沒有喜歡你。」

　　「我知道，不喜歡就不喜歡，我只是想告訴你。」

　　直到現在，我還是不知道他是說笑還是認真的？是現實還是一場夢？他現在是喝醉了還是正常的狀態？所有的事情都混在一起，好像被重重的錘子一下一下地錘著頭，但還是感覺得到。

　　我深吸了一口氣，先將自己的手腕從對方的掌握中轉出來，然後才直接開口跟他說我的感受。

　　「我已經很久沒有愛過誰了。」

　　「……」

　　「會覺得寂寞、會曾經覺得需要有人陪，那都是事實，但到了

要開始一段關係的時候，卻不是一件容易的事。」越是一個喜好和我天差地遠的人，就越是不可能。

「Chayin。」大手伸過來把我的臉扳過去跟他四眼相對。「我對你的感覺是喜歡。」

「……」

「就算事情不如我所希望的那樣，但至少，我希望有你在我的生命裡，無論是什麼角色都行。」

也太像劇裡的男配角了吧，然後我變成了狗血劇裡的女主角。說真的，這一點都不浪漫。

「但我是男生，我喜歡的是女生。」

「所以？」

「你是個作家、非常有名、有很多人認識你，你不怕他們覺得你是不好的人嗎？」

「哪裡不好？」

「你喜歡男人的部分。」

「我不在意，我只在意跟我站在一起，會給我建議、讓我變好的人，而不是在意那些來罵完就走的人，這太可笑了。」

「說真的，我現在還很迷惘。」站在我身邊的這個人，名叫Satawat，是一個寫推理小說的作家，我們在雜誌的訪問上，因為巧合而認識，才沒幾個星期，但現在，他卻站在我面前、跟我告白，明明我們也才認識不久。

這個人所謂的喜歡意味著什麼？我不明白。

「Yuk……」

「什麼？」

「你喜歡我的原因是什麼？說是因為我長得帥，大概也不是吧，然後我也沒有錢，還背著公寓的貸款，我沒有為你做過任何一件事，你到底為什麼會喜歡我？」

這是我第一次如此真摯地說話，就連跟第一個女朋友告白時，都沒有那麼組織過那麼混亂的句子。

「因為你讓我成長，也因為你，又讓我變回孩子。」

那個嗓音比他過去每一次發出的聲音都還要來得悅耳……

「我討厭成為大人，因為有太多責任要背，我想要當個孩子，不用思考太多，只要一天過著一天，但時間卻無法將帶我回到童年。」

「……」

「第一次與你的相遇，讓我想成為大人、想要照顧你、想要去承擔每一件與你有關的責任；也是你的天真、你的孩子氣，讓我同時能回到孩提的時光。」

「……」

「你就是一切。」

不知道，我現在仍舊說不清楚自己的感覺，只覺得想哭，嗚……

居然踩我的腳！Yuk 你這混蛋！

我必須屏著呼吸、將自己的腳抽回來，然後低頭看了看布鞋上的髒印。

「我等下幫你洗。」對方似乎意識到自己做了什麼，趕緊開口彌

補，而先前所聊的事情幾乎被忘光了，好不容易再繞回正題時，已經接近凌晨三點。

「鞋子的事情就算了，反正你都跟我直來直往了，我也就跟你直話直說了。」當需要拒絕一個人時，就開始覺得自己很搶手了：「我對你不是那種喜歡，當朋友……可能會好一點。」

「嗯。」簡短的回答。

就這樣？是說，我是在期待什麼？

「不盧一下？」

「那不是我的作風。」

「很輕易死心耶。」

「有說我要死心嗎？只是知道了而已。」

「你以前曾經跟男生交往過嗎？」

「沒有喔，你是第一個。」

「我還不是你男朋友！」

「喔，我又知道了一次。」

怎麼那麼容易理解事情呀？可能只有我一個人還楞著吧！好好的一天，突然有人來告白，但我拒絕之後，那個人卻說「知道了」？喔吼！他怎麼那麼奇特啦！

「Chayin……」

「嗯？」

「從遇見你的第一天到現在，我也不知道為什麼，但……」

「……」

「我一天比一天更喜歡你。」

我們沒有誰再開口說過話，只是各自倚靠著露臺，眼神專注看向附近高樓的萬家燈火，今晚沒有星星與月亮，天空就像每次看到的那樣漆黑，但特別的是，這次我的心情卻不一樣。

25歲，太歲年，我不太確定是否能說，過去的日子都只發生不好的事情。

嗯⋯⋯至少還有一件好事，原來有個人那麼喜歡真實的我。

我起得非常早，或者要說根本沒睡也沒錯，畢竟是換床睡，還是在單戀自己的那個人家裡過了一夜，這種感覺真是太奇怪了。因此一看到太陽升起，我馬上死拖活纏地趕著要回家。

Yuk 沒有攔著我，他用讓我有錢付計程車費的理由，將我僅存的一千銖還給我，之後再用將積欠的酒錢匯給他，因為我一直堅守著不能佔朋友便宜的原則，哪天有錢就要還清一分一毫。

回到家之後，我全身無力地倒在床上，再次醒來竟是下午三點了，手機裡有來自兩位好友近二十通的未接來電，也就是 Bird 跟 Top 的來電。

我先撥了電話給 Bird，好好地將他罵了一頓，罵到滿意之後才掛了電話，接著換打給 Top，這傢伙也很可惡，如果知道他喝醉之後會變成不受控的狗，我絕對不會再約他。

『Chayin，打給你也不接，爛人！』

我還來不及出聲，混帳朋友就直接開噴了。

「我在睡覺！我一整晚沒睡了，像你這樣醉了就跟皮癬一樣的

人是知道什麼？整個人又重得跟水牛一樣，媽的！」

『我跟你道歉，行了吧？』

「才不原諒你。」

『話說你昨晚怎麼回家的？Bird 一早就打給我說，他昨天醉到把你忘在店裡，但後來打給你都連絡不上。』每個都是「好」朋友呢！

「跟 Yuk 一起走的。」

『哎呀！他送你回家，還是你們有再去哪裡？』

「你知道了什麼？是 Yuk 多嘴跟你說的嗎？」

『不要罵我家 Callisto，我只是猜測而已。』

「你去嫁給他算了！」

『你在氣什麼？我說了什麼話戳到你嗎？』他的聲音充滿了挑釁，為了避免自己不小心透露了情緒讓對方知道，我趕著要掛電話：「沒事的話，先這樣吧。」

『Chayin，等等！先等一下！我有重要的事情要跟你說。』Top 聽起來很著急，所以我只好拿著電話，等著聽他要說什麼。『就是啊，今天行銷部跟我說，你受訪的那期雜誌賣得很好，架上都賣光了。』

「這麼厲害？」我又不是封面人物，這演得太浮誇了。

『對啊，現在談論你的人很多，不信的話，你自己去粉專或者 YouTube 上看。』

「發生什麼事了呀？」

『你去看就知道了，我只是要說這個。如果有工作要找你的

話，我會再聯絡你。Chayin要走紅囉～』

　　死Top就這樣掛了電話。我一秒也不想等，跑去打開筆電，第一個瀏覽的頁面就是我聯絡工作用的粉專。喔吼～我差點把眼睛揉出來，Inbox裡掛著兩百多條的私訊，外加每篇貼文底下滿坑滿谷的留言。

　　我光速般掃視過去，大部分的訊息都是這一類的：

　　「Chayin哥好可愛！！我是你的粉絲喔～」

　　「有對象了嗎？我想追詞曲創作人。」

　　「我會繼續追Chayin的作品的！歌好好聽，本人也好棒！」

　　「就算是不經意被拍到的照片也好帥，昨晚見到本尊的人爽死了沒？」

　　而且還貼了我一頭亂髮、坐著喝啤酒的照片。我現在大概可以猜到為什麼會有一堆人講到我了，就是因為這些照片！

　　「我好喜歡哥喔！哥是我的偶像！」

　　但你貼的是Yuk的照片，你認錯偶像了！笨蛋！

　　訊息真的太多了，因此我也只能大概讀過去，卻沒想著要回覆。接著，我換打開YouTube，一打開那些我曾經寫過的歌，就看到所有熱門留言都有提到我，讓我心裡不禁可憐起這些歌的原唱們。

　　「跟著Chayin來的。」

「從昨晚的酒吧跟來的。」

嗯，知道你們是跟來的！沒想過自己有這麼帥，早知道就去參加Cleo的帥哥選拔了，還可以收穫一些女孩們的尖叫。

我花了許多時間在YouTube上閱讀留言，這有助於讓我消除寂寞，直到我看到一則留言，那是在A Little Bliss所唱的《你曾有過的愛》這首歌底下的熱門留言，而且還得到了許多的讚。

「從推特上的 #YukYinCouple 來的，好香喔～～～～」

「#YukYinCouple 真的好可愛喔！>///<」

什麼是 #YukYinCouple 呀？

我很少上推特，可以說幾乎不太會用，不過是看到幾個圈內名人申請了帳號，就跟著玩罷了，而且我的帳號是用卡通圖，不太能辨識出本尊。

我再次登入推特，這是好幾個月來的第一次。點了搜尋欄去找許多人提到的那個Hashtag，但一點進去……

碰！我這輩子沒有見過的世界奇觀出現在我的面前！

讓我死了吧！

整個tag裡圍繞著我的照片，還有幾張是從我的Instagram轉貼過來的，即使我將Instagram設定成不公開帳號且沒幾個人追蹤，照片還是能被轉貼過來。重點是，這個tag中的照片裡，除了我以外，Yuk也被合成了上去。

What！

「詞曲創作人跟作家，好配喔！」

「好香～昨晚還看見他們牽手走出酒吧。」

「他們一起回家？？？這不是我們亂嗑了，他們是真的！！」

「我聽了Chayin哥的歌，真是好歌，而且我剛知道作家哥哥的筆名叫Callisto，我追他很久了！」

「Callisto真的好帥！」

「Chayin也好Q～」

「#YukYinCouple（生子有）的浪漫同人，第一章更新囉～」

我在這篇小說裡會懷孕？怎麼突然眼淚就流了下來，嗚嗚……

他們說，設定tag時，名字在前是攻，在後是受。什麼？我為什麼不是攻？我接受不了這個評斷，所以打了回覆，但又擔心太Man的話，會被其他人懷疑，於是假扮成小女生的語氣。

「Chayin哥很帥捏，應該是攻吧～」

希望有人會有同感。在回了這則推之後，沒隔幾分鐘就有人來回覆了：

「親愛的，妳不是腐女齁？Chayin哥怎麼可能攻得了Yuk哥！」

然後另一個人也回了相同的論調：

「你不夠了解Chayin哥！」

我就是Chayin，哪來的奇葩會不夠認識自己啦？

這次哥準備好了，我坐著跟推特網民論戰，吵到差點生氣，然後這個叫做「蜘蛛人的媽‧東尼史塔克的老婆」的帳號到底是誰？看起來像是這個領域的大隊長，瘋狂刷趨勢，刷到後來有更多人進來一起發推。

我讀著留言，心裡怦怦作響，最終還是抓過手機，翻找起某個記錄的電話號碼，但還沒來得及撥出去，我就將這些雜念掃出了腦袋，然後生氣地將手機放回原本的地方。

反正我絕對不會打給Yuk！

只好一個人生著氣，我立刻關了筆電，倒到床上，一個人仔細思考著最近發生的事情：突然有人來告白，接著也突然有好多人討論起我的生活，對此，我又是好笑又是心驚。

這群人怎麼看得出來兩個人有互相喜歡？看得好～準喔，但只有一個地方錯了，那就是：我沒有喜歡他！

一天就這樣過去了，我吃了泡麵之後，就一路睡到了早上。

0832/676就這樣驚人地消失在我的生活之中，他有好一陣子沒上MSN了，儘管我有成千上萬的事情想請教他，也丟了很多訊息給他，卻完全沒有被讀過的痕跡，而Yuk也安靜了很久，於是我又開始虛度人生了。

天殺的Bird跟家人躲去華欣玩了，所以無法來找我。三天過去得很快，同時，推特上面的話題仍繼續在延燒，Top來電跟我約下個月雜誌的訪問，由於紙本雜誌賣得很好，所以想要再接再厲。

Yuk也是行銷企畫的一部分，雙人訪談很快就要到了，只是

Top一直聯絡不上對方，所以來請我幫忙把消息傳達給他。

不知道那個披著殺手皮的作家最近過得怎麼樣了，有像我在的時候那樣吵吵鬧鬧的嗎？從那天起，他就沒有再拿過村上春樹的書來給我了。

要我打給他，又好像我跟他有什麼一樣，不過這時候，我也不想自己單方面抱持懷疑了，所以決定去他家找他。這不是在意他喔，只是受Top之託，把消息帶給他而已。

叩叩叩。

嘗試敲了幾下門之後，就聽見有腳步聲漸漸走過來，然後裡面的人就開門出來，直接與我面對面。

「是誰呢？」

「……」問什麼問。

還沒來得及回答，個子較高的人就把臉湊了上來，近到差點撞到我的鼻子。我下意識地屏住呼吸，自動向後退了一點。

「喔，是Chayin。」

「就……就是我，不然你是看成誰？」

「我近視看不清楚吶。」又知道了一件他的事情，我之前都沒有發現他戴隱形眼鏡。

「幹嘛不戴眼鏡？」

「我躺著，所以懶得戴，戴隱形眼鏡又不舒服。進來吧！」我脫下鞋子，在鞋架上放好，然後才跟著對方進去。

Yuk屬於怪咖一族，但無法否認這奇特的香氛又很有辨識度，在大床的周圍，有三面都是書櫃，看起來很符合他的人設。

我在沙發上坐下，看著大個子走到工作桌旁，將隱形眼鏡搓洗後再戴上。

　　「會不會太搞工？」

　　「什麼意思？」那個人問了回來。

　　「戴隱形眼鏡啊。」

　　「這沒有很麻煩，至少可以讓我把你看清楚一點。」

　　「改天買課程讓你去雷射。」

　　「那我做什麼都不順手的時候，你要來照顧我嗎？」

　　「呵！」只能在喉嚨中低笑著他的話，但仍舊繼續問，希望能破壞最初那種陌生的氛圍：「怎麼近視的？太常玩電腦嗎？」

　　「小時候覺得戴眼鏡很酷，所以努力想讓自己近視，才能去配眼鏡。」

　　想法真的奇葩得要死！

　　「那現在近視幾度？」

　　「七百度。」

　　「啥？？那你看得見什麼嗎？」

　　「看到像幽魂那樣模模糊糊的樣子，看你又更像。」

　　可惡！

　　任自己在心裡罵了他一會兒，Yuk 拿了一杯水跟零食過來給我，我只是接過，然後立刻進入被交辦的正題。

　　「Top 聯絡不到你，他想訪問你，放在下個月的那期雜誌上。說真的，你幹嘛不接電話？」

　　「受傷了，是心病，因為你不接受我的愛。」

「真的假的？」

　　「沒有啦，只是死線快到了，在趕稿。」

　　忍不住鬆了一口氣，我好害怕自己與生俱來的帥氣會成為別人尋短的原因。

　　「那你這幾天有follow到消息嗎？」

　　「什麼消息？」

　　「就……」往下說好嗎？但這個問題應該要讓每一方都知道吧？「就是有人說你跟我是什麼CP的那件事，剛好我設了洞穴帳號⁶去追，所以就知道了。」

　　「什麼洞？」

　　「大概是埋你屍體的洞吧。」

　　「很氣耶你！那件事我有看到，剛好有人看了之後，就用私訊丟了連結給我。」

　　「那你有什麼想法？」

　　「滿有趣的啊，有人把我的臉剪下來去跟你的合在一起，而且還弄得很像真的照片。」

　　喂！

　　「我也看了那篇小說。」大個子繼續說。

　　「哪篇？」

　　「你懷孕的那篇，很有趣耶！」

　　「不要看啦！不給你看！」

6　แท็กหลุม（或稱 แอคเคาท์หลุม），指的是在推特上面，為了刷趨勢或者想做一些不想讓人知道的事情而創的小號，通常會使用不容易辨識的名稱或者顯示圖片。

「你在裡面很可愛呢，而且還有18禁的篇幅，我鼻血都要流出來了。」

「死Yuk！死淫魔！」我對他大聲怒吼，但卻聽到大笑的聲音傳了回來，好氣喔！本來希望有人可以理解我的憤怒，但他卻從自己的臉跟名字被拿去寫小說的這件事情中，得到了快樂。

「對了，還有另一篇。」

「停！」我撲上去想要遮住他的嘴，但卻很輕易就被抓住了手。

「那篇是你跟我在陽台上愛愛呦，讀完好想試試看喔。」

「去死！」

「我不能死，不然寫小說的人會傷心，到時候寫不完就糟了。」

「討人厭！」

「我是他的粉絲喔。」

我從對方的桎梏中將手臂大力抽了出來，然後轉身回到沙發坐下，讓自己冷靜。Yuk看到我滿臉的不爽，也停止說話，靜靜地坐到我的身邊，拿起書來讀。

對方在我眼裡的任何一舉一動，有時也會讓我心裡產生不小的懷疑。

「你常聞紙張的味道？很變態欸！」不只聞，還像對女生的身體那樣撫摸，真的很瘋耶！

「很香，質地摸起來也好。」

看看他回答了什麼。

「每本書都一樣吧？」

「你不知道嗎？每一本書都有自己的味道，來自所用的紙張跟

墨水。」

「那麼在《牠》跟江戶川亂步的作品之間，誰比較香啊？」

「不確定，但我知道它們一定比你的頭還香。」

「屁啦，我用的洗髮精很貴！」

「誰知道，你的頭過來讓我聞一下，然後我再跟你說，它有沒有比紙張還香。」

當大手伸過來握住我的臉，然後往他高挺的鼻子拉近時，我的身體在那瞬間像是被凍住了一樣。

「嗯，有比紙張香一點。」

那個人的手放開我的臉，然後送了一個笑容給我。

真壞……

「你換了洗髮精嗎？」Yuk面色平靜地問。

「沒……沒有換啊。」讓我死了吧，我臉是不是紅了？

「是不是你的頭髮被空氣氧化，所以味道就變了？」

你的鼻子是什麼分析儀嗎？也知道太多了吧！

「停止研究我的頭髮了，去做你的事情吧！我要回去了。」

「你！來招惹了人，就想要走！」

「少欠揍了！」

「Chayin，你在生我的氣嗎？但就算生氣，還是要顧好你肚子裡面我們的小孩喔。」

「靠！！！你何時才能不拿小說的劇情來捉弄我？」

「等到有其他更好玩的小說呀！」我用點心塞住Yuk的嘴巴、發洩情緒，然後往門口走去，而敲門聲也在這時響起。

我轉頭看了一下Satawat，見到他點頭允許後，就轉開門鎖，迎接新來的人。

「Yuk啊……噢！是Chayin底迪喔！」

面前是一個捲髮的女人，她有像棉花一樣白皙的臉，擦著紅色的唇膏，畫了個幾乎與眉毛齊長的眼線，她的打扮非常辣，辣到讓我這樣的男生會不小心流口水。

「您好，請問您是……」還來不及好好把話說完，對方就給了一個大大的笑臉，然後很快地回答說：

「姊姊我叫做Palm，是Yuk的責編。」

「喔～很高興認識你。」

什麼責任編輯？她也太性感了吧！

「先進來吧！」Yuk在後面喊著，但面前的女人卻搖了搖頭。

「在外面就好，剛好來附近辦事情，所以順便來找你，好久都不知道你死去哪了！」

「我們本來就不常見面！」

「對，我來是有急事要問你。請問作家大人，在截稿跟追詞曲創作人之間，您要選哪個？」我嚇了一跳，因為聽見他們兩人講到與自己有關的事情。

「不用問。」

「選截稿對吧，那死線是……」

「我選追詞曲創作人。」

「好吧，那姊走了！」

「快滾吧！」

「敢晚交稿的話，錢就別想要了！」

「對我來說，錢沒有那麼重要。」

「是是是～」她拖了長長的聲音，接著轉過頭對我笑：「Chayin，很高興見到你！你懷孕的那一篇好可愛喔，我是你們的粉絲喔！」

碰！

她用漂亮的手直接在我面前甩上門，留我一個人在心裡低咒。

幹！這什麼鬼啊！！！

「Chayin，我想你大概真的得懷孕了。看起來很多人在期待！」

「去那邊玩啦！」

「別介意Palm姊的話，她跟我平常互嗆慣了。」大個子走過來門口，從鞋櫃上拿鞋子下來放到我的腳邊，還一起拿了自己的物品：「等下我送你。」

「我可以自己回去。」

「但我送你的話，你能省下不少車錢喔！」聽到錢的事，我就立刻放棄了思考。

「但你沒有自己的工作要做嗎？」

「我的每件事都照自己期望做完了：一年寫四本書，現在已經達標了，所以不趕著寫；每天運動三十分鐘，我早上已經去健過身了；菸也正在戒，只剩一件事……」

「是什麼？」

「成為某個人生活的一部分。」

「……」

「在我期盼的事物裡面，你是其中之一。」

　我不知道日後還會不會再有這樣的一天，能讓我的心能對一個人如此柔軟。

第七章 |

不怕你追，怕輸！

在 Yuk 開車送我回到公寓前面的途中，我們談天說地了一整路，這是朋友之間很正常的事吧，尤其還是兩個男生之間，但我這一路上都不太正常，在回程中，除了坐在那裡心跳如雷外，每一句說出口的話都帶著顫音。

我不想說，自己正因這個來告白的人心情浮動，因為我在讀大學時，不曾對任何一個來告白的人有這種的感覺，或者，是因為我最近正面臨寂寞來襲，所以對 Yuk 的感覺才有了變化。

抱著對自己的喜好沒有任何改變的信心，在與另一方道別之後，我趕緊跑回家中、翻箱倒櫃地找出美女月曆及成人雜誌，用來提振自己的士氣。

這樣的女生才是我的菜，無論是胸部還是翹臀，都很誘人！去死吧，我真的沒有喜歡男生，我的感覺只是被氣氛影響而已！

想到這裡，我就將面前的照片們收回原本的「藏寶處」，然後吹著口哨往臥室走去。

「咻咻～～～」開心！

開始可以專心工作了！首先呢，我現在全身上下沒剩什麼錢，泡麵也快吃完了，如果再懶下去，說不定很快就餓死了。但要我涎著臉跟家裡討錢，又怕會失去尊嚴，畢竟當初可是撂了話，說我做

這一行不會餓死，有天會成功。

現在咧？嗯……成功地窮了！

我們家有三姊弟，我的排行居次，而且是唯一出格、跟其他人不同的成員。我爸是學校的校長、我媽是國中的科學老師、姊姊畢業後在教英文，而我弟現在大三，唸的是教育。

想想看，這個死詞曲創作人是誰？隔壁鄰居的孩子嗎？

家裡希望我當公務員，不然就是唸個畢業後有穩定工作的科系，但我不懂他們的想法，至今也還無法理解。

最終，我下定決心選擇自己喜愛的事物，並開始了追尋夢想的旅程。走了這麼遠之後，真的很難拉下臉再去跟家裡要錢，那太沒有面子了。

要維持自己的生活，好好生存，然後又不麻煩別人，只有一個辦法了，那就是挖出自己的舊作品，將整首歌調整旋律及改成新的歌詞後，試著推薦給公司看看。這些歌都是我讀書時就開始寫的，所以之前沒有拿出來過，原因是我覺得它們的品質不夠好，但現在在三餐溫飽面前，我才不管什麼品質了。

我用了一個晚上的時間在思考新的歌詞，不吃不喝，不敢靠近床邊，怕自己不小心就睡著了。在第二天中午的時候，我終於花了一整晚的時間將這首歌給趕出來了！

我手腳僵直地收拾好錄音的檔案，附上新的歌詞，一併用email寄給認識的製作人，然後就到了可以睡覺的時間了！

「哈啊～～～」

叩叩叩。

WHAT THE FUCK!!

躺了不到十秒鐘，敲門聲就響起了，我生氣地將自己從床上拉起來，不滿地抬腳去開門。一打開門就看見Yuk，面前的他提著東西、全身狼狽，讓我又更煩躁。

「幹嘛現在來？我很睏，想睡覺啊啊啊啊啊！」我用一個拉長音作為對話的開場。

面前的人稍微皺了眉頭、脫掉頭上的棒球帽，然後將我從頭到腳看了一遍。

「還穿著同一套，你沒有洗澡喔？」

「嗯，也沒有睡，有什麼事就快說，看到了嗎？我睏到眼皮都要閉上了！」他輕笑了幾聲，接著駕輕就熟地側身進到屋內，大手拉動門把、將門帶上，然後腳一轉就往廚房走去。

「吃飯沒？」那傢伙問，我用搖頭代替回答。「我買了便當來給你，先吃完再去睡。」

「不要，我要睡覺。」

「Chayin！」

「睏！我現在想睡多過想吃飯。」

「Chayin別鬧。」

我真想倒地大哭大鬧、一了百了，但一看到他的眼裡的認真，就乖乖到椅子上坐下，將下巴靠到桌上，眼睛盯著大個子的一舉一動：他正從袋子裡拿出便當、放到我的面前。

「是什麼？」

「蝦子炒飯。」

「我就說我懶得剝殼了……就算只有尾巴的殼也不想剝。」我悶聲地說。

「叫他都剝掉了，只要舀起來吃。快點吃完、快點去睡！」

「今天有空可以來找我喔？」嘴巴一邊問，手一邊緩慢地用湯匙將飯鏟進嘴巴裡，不知道該吃飯還是睡覺得好。

「我每天都有空，今天出來買東西，就順便來找你。坐好吃飯！邊吃邊睡，下輩子作蛇[7]！」

「唸唸唸唸唸！」

只是朋友而已，在那邊表現出有權利管我的樣子，就算你來告白過，但不要期望會有超越旁人的特權好嗎？雖然我腦子裡這樣想，動作卻是另一套，我坐了起來，挺直身體。這到底是為什麼啊？？

「要水嗎？」

「來一杯冰的。」

對方點了點頭，直接走向冰箱，拿出一瓶白開水。這到底是我家還是他家啊？熟門熟路的，當自己是主人嗎？

「是說，你為什麼晚睡？」一杯倒好的冰水被放到我的右手邊，我邊抬頭看著大個子，邊用平緩的聲音說：

「賺錢。」

「身上沒錢了吼，有狀況就告訴我，讓你先借去用。」

7　นอนกินเป็นง，是大人用來教訓小孩乖乖吃飯的泰國俗諺。

「不要，不想麻煩別人。」我的語句很強硬，為了讓Yuk知道，對我來說，他還不是親近的朋友，像這樣保持點距離比較好。

　　「能寫出歌囉？」

　　「拿以前寫過的歌去改，最近需要賺錢，有什麼就先弄出來，我剛剛才把它寄出去。」一邊說，還一邊舀了飯往嘴巴塞。不錯，這家好吃，而且還不用花時間剝殼弄髒手。

　　「這麼趕著寫，不好吧？你沒有用熱情去寫。」

　　「我曾經有熱情，但現在沒了，那又不能吃。」

　　「噢～那你喜歡一個人，是因為他能養活你，而不是因為他本人的特質囉！」

　　「也不是這麼說……」

　　把我形容得很壞一樣……

　　「有些事呢，如果吵不贏，那就別做。」他笑得像是壓過我一樣，而我則回敬了他一根中指，這回他又笑得更開心了，可惡！

　　「你不可能一直贏的！」

　　「小孩。」

　　「不要那樣叫我！我今年25歲了！」

　　「真的像個小孩子。」

　　我大大地噴了一聲，然後轉回來埋頭苦吃，為了能早點脫身去睡。Satawat像是看懂我在想什麼，他出聲提醒說：

　　「慢慢吃就好，如果等下被飯噎到，我可不會帶你去醫院喔！」

　　「吃完了，而且我也沒有噎到。」我伸手拿起水杯，把水喝光，然後才開口趕人，一點也不顧對方感受：「你可以回去了，我要去

睡了。」

「那我不打擾了。你睡前別忘了刷牙！」

「知道啦！」像個爸爸一樣愛唸。

那傢伙站直起來，直接走向門口穿鞋，然後準備轉動門把開門，但我先一步叫住了他。

「欸！你忘記東西了。」不只說，手還指向那幾袋放在桌上的超市袋子。

「那是你的，我買來給你的。」

「為何？」

「買了懶得拿回去，你留著吧。」

「等等！」那張帥臉立刻轉了過來，害我用了一會兒在心裡組織字句，不知道說出來好不好，但禮貌上，應該要說吧……

「什麼事？」

「謝謝你幫我買飯來。」最後我還是說出口，面前的人露出了一個微笑，拿起帽子戴上，用平和的聲音說了那句老話：

「就說只是路過而已。你可以去睡了，小孩。」

「不小了啦！」

「小孩！」

「嗚咿！！！！！」

我生氣地跺腳，然後對方就開門逃走了，丟下我自己一個人不爽。等情緒冷卻了一點後，我趕緊過去打開桌上的袋子，看見裡面充滿了好多方便食用的食物，不管是微波即食的便當、麵包、牛奶、果汁還是巧克力，連果凍跟棉花糖都買了。

說實在的，你乾脆直接把超市搬來我家算了。

我現在怎麼了？臉沒事就突然燙了起來。Chayin，你很開心是嗎？有個人莫名其妙就買東西來給你，拿食物像逗小孩一樣來逗你。我在心裡這樣問自己，然後才小聲回答自己說：

對……開心，至少有免費的食物。

我睡不著！原本很想睡覺，但現在眼睛卻仍舊很明亮。

我在床上翻來覆去了快一個小時，才願意舉白旗投降，承認我的心裡正因某個人而困惑。

Yuk 是第一個來跟我告白的男生嗎？答案是否定的。在讀大學的時候，除了女生外，也有些暈了頭的男生來找我告白，真不懂他們是用哪隻眼睛在看，但每次拒絕人家，我心裡也不曾感到迷惘或覺得自己做錯了什麼事，但為什麼這一次完全不同？

我喜歡的不是男生，我有信心。

心裡的不安讓我就算閉緊眼睛，也還是睡不著。因此，為了要睡個好覺，我得再次振作起來。

想到這裡，我跳下床，奔去「藏寶處」翻箱倒櫃，拿出了所有的寶物，像是之前買的 A 片及 20 禁的成人漫畫，然後抱著這些東西跟我親愛的筆電爬上床鋪。

好喔！媽的，睡不著的時候，就該做些火熱的活動渡過漫漫的長夜！

昨天看這些圖片時，還滿有感覺的，希望今天也有一樣的效果。我拿起光碟放進機器裡，全神貫注地看著片子。

她的胸部⋯⋯

豐滿而引人垂涎的屁股⋯⋯

一點幫助也沒有！

現在好像沒有預期中的感覺了。我看完了一部片，又打開成人漫畫看了一個小時，仍然一點幫助也沒有。我最終在嘗試過多的疲憊中，快速地睡去。

「Chayin⋯⋯」

「嗯？別吵，我想睡。」

「Chayin，起來了。」

有個人的聲音環繞在我的耳邊，十分令人討厭，於是我拉過棉被蒙住，藉此躲開那個聲音，但一點用也沒有，另一方將棉被扯開，然後將我的肩膀固定在床上，使我無法移動。

「放開我，誰啊？」

我緩緩地撐開了眼睛，因被打擾而不爽。當眼睛重新聚焦時，整個人嚇到彈起來，因為面前的人不是別人，是Yuk！

「你⋯⋯你怎麼進我家的？是小偷喔？」

「我來叫醒你啊！」

「我醒了，放開！」

我越罵，他就越故意，除了不放手外，還有臉對我露出欠揍的笑容。幹，Chayin你完蛋了！在他厚實身體的掌握之下，我只能用力地掙扎。

「小孩。」

「別再叫我小孩了！從我的床上滾開！」

「小孩就是任性。」

高挺的鼻子緩緩靠近我的臉，讓我必須屏住呼吸，原以為它會停住，但對方卻往下移動，讓鼻尖相互碰觸，他偏著頭，將嘴唇壓在我的唇上，阻止我發出聲來。

這無恥的動作讓我反應不及，身體完全無法掙扎反抗，只能感受他溫柔落下的吻和他嘴唇的綿軟觸感，他溫熱的舌頭緩緩伸進我的嘴裡，糾纏攪弄讓感到我一陣顫慄。

原先摟在我肩上的大手也開始往下，從身體上輕撫過去，最後來到了褲子底下的肌膚。

「啊……」那隻大手的掌心在敏感處繞圈撫摸，他挑起的快感讓我不經意地呻吟出聲，同時我們兩人的唇瓣仍碰在一塊。

所有無法描述清楚的感覺一股腦湧了上來，無法停止，我控制不住自己的身體，他的手掌握住我的那裡，正在輕重交替地施力……

「Yuk … Yuk ……」

鈴～！

「Yuk ……啊～～～」

鈴～！

嚇！！

我從床上驚醒，尋找著響了許久的刺耳聲音在哪裡，然後發現舊舊的手機正在床頭櫃上振動著。

視線在周圍搜尋，沒有該死的 Yuk，沒有發生什麼深情的吻，

我只是一個人在床上睡覺而已。然後發現自己在深夜醒來，從中午一路睡到了現在。

顫抖的手趕緊掀開蓋在身上的棉被，低頭看見自己的下身還穿著睡褲，心臟仍用力地跳動著。

看A片沒有感覺，但夢到Yuk卻濕了褲子⋯⋯

「這不是真的！」

兩隻腳飛快地走進浴室，無心理會那一直在響的電話。看著鏡子就發現，鏡中自己的臉色正如同雞腳一樣慘白；心臟仍飛快地跳著，無法平復；臉上及後背滿是大顆的汗水，感到全身發麻。

「瘋了！」

真的嗎？我是真的對Yuk有感覺？不想相信也不行。

活了二十五年以來，我從來也沒有在這樣的事情上，夢到男生過。還是，是因為看了A片才產生這樣的畫面？對！大概是這樣吧！我才不是對Yuk有什麼感覺咧！只是生理機制該有的反應而已。

我為自己合理的解釋感到開心，接著洗把臉，讓自己清爽一點，並且換了一件新褲子。褲子濕成這樣，我開始對自己感到抱歉：Chayin，你怎麼會夢到這個，瘋了嗎？

我走出浴室，撈過響了幾次的手機起來看，上面有四五通Bird的未接來電。半夜打來找我是要幹嘛？我剛回撥過去，就立刻被罵了回來：

『蠢水牛！為什麼不接我電話？還以為你死在家裡了，你在做什麼？』

「做什麼⋯⋯我⋯⋯我沒做什麼啊。」

我沒有夢遺……

『那你幹嘛不接電話？』

「我睡著了。」

『你有在這個時間睡覺過喔？騙子！』我不耐煩地翻了個白眼，對不起喔，我平常都快早上才睡，今天想先睡，朋友居然不能理解。

「快說正題，等下我要吃個東西、回去繼續睡。」

『好啦，心急個屁！是這樣的，明天是我朋友生日，看你很寂寞，所以想約你一起去生日派對。』

「哪個朋友？」

『高中時外校的朋友，你應該沒見過。』

「那就對啦，都沒見過，那你約我幹嘛？而且我可沒有錢買禮物給你朋友喔。」

『Chayin，你是擔心這個喔？你什麼都不用買，壽星不會說什麼的。另外，你多認識一些人，也許會有一些新的點子可以寫歌，而且你也不用悶在家裡啊。』

「我一個也不認識，幹嘛要去？」

『Top也會去。』

「是喔，那Yuk咧？」

『聽說他不去。』

「我再看看啦。」

『不用看啦，就當你答應了喔。先這樣，你去找東西吃吧！』

「死Bird！我還……」

我話都還沒說完，媽的，就被掛了電話！若這世界上真的有地獄，那就是認識他！搞事精一個……

居然叫我去一個陌生人的生日派對！不認識，而且還是個朋友的朋友，光想到就要生氣了，而且我好討厭每次想太多，胃就比平常更認真工作。我肚子又更餓了……

我走到小小的廚房打開冰箱，Yuk買來的食物塞爆了整個冰箱，看到眼淚都要流下來了，我的生活中已經有多久沒有一整個冰箱的食物了？這是我這幾年來的第一次啊，嗚嗚嗚……

在感動完眼前的食物之後，我將即食食品拿出來微波加熱，默默地填飽肚子，然後拿了一些麵包進去房間裡吃。

手打開工作用的電腦，接著登入MSN。我有好多天沒跟大熊聊天了，因為他消失了，連我丟給他的訊息，一個字也都沒有回，於是今天再碰一次運氣，接著就看見我全心全意在等的那個人，掛了Available的狀態。

而且，對於我丟給他所有訊息，他只回了一句話：

0832/676 says：我沒空，每天都要人家陪你玩喔？

死大熊！你可以有一次好好跟我說話嗎？

Chayin says：那為什麼現在能上來？假裝上線幹嘛？
0832/676 says：上線讓狗問

Chayin says：可惡！

0832/676 says：ʕ→ᴥ←ʔ

Chayin says：不要用很爛的表情符號轉移話題！

0832/676 says：想我就直說

Chayin says：誰想你？我最近朋友多得很，幾乎要沒空開電腦了

0832/676 says：那你朋友今天去哪了？

Chayin says：可以不要回嘴嗎？我明天也沒空跟你聊天

0832/676 says：要去死了嗎？

早知道會在生命中認識這種混帳的話，我就不該從Bird那裡收下這片程式光碟。講什麼都一直被反駁，連好幾天沒聊天了，都還要拖我去罵，媽的！

我不知道這隻大熊是誰，都聊過好幾次了也還是沒有知道更多資訊，不知道他的姓名，只知道年級跟他讀什麼系，而且我連他講的是真話還是玩笑話，都無法確定。

或許是十歲小孩偷走了光碟，正坐著跟我聊天，但究竟誰會知道呢？

Chayin says：你才死了，我是要去朋友的生日派對

0832/676 says：是喔？我也有一場

在那之後，我們開始了一個小時的對罵大戰，讓人覺得有夠浪費生命的。縱使如此，我仍舊覺得他的優點多過缺點。

首先，我有可以聊天的朋友，因為平常這個時間，很多人都躲去睡了，我只能獨自一人用掉這些時間。

第二，雖然大熊是真的很白目，但想認真討論時，他也能言之有物。

第三，他有些個性跟我很像。不知道，也許是我們都是寂寞的人吧！所以能夠瞭解彼此。

許多的原因組合起來，成為了我在太歲年的生活裡，很好的部分，但也讓我有些遺憾，因為再過不久，我跟他就不能繼續這樣聊天了。

想了就難過，先嗑一下點心。

我不知道能不能在程式到期前，問到他的姓名或其他聯絡方式，只知道他在的時候，我感覺又再次回到了中學的時光。

還是孩子的時候、還有朋友出現在生活常軌中的時候。

今天是個好日子。

老實說比我預期的更好，因為製作人告訴我，那首我用一個晚

上趕出來的歌很不錯，因此公司決定用一萬銖以內的價格，先買下這首《記到忘記》。好耶！握著屎總比握著屁[8]好。

但要收到錢還要好久以後，所以我跟製作人套了許久的交情，希望能先要點錢來用。接著，第二件好運就是，他說沒有問題。兩個小時之後，我就能從帳戶領到錢了，安心到眼淚都要流下來。

心情好的結果是，我非常用心在選擇去生日派對的穿著打扮，包括抓頭髮、尋找適合的襯衫來穿，還不忘一併搭上黑色的皮夾克，耶～～～～

但一到現場……

「Bird……」

「怎樣？」

「你說……我是不是忘了什麼？」

「我想是喔。」

我跟 Bird 此時坐在派對裡的沙發上。這場生日派對在壽星的公寓裡舉辦，Bird 跟我約十五分鐘前在此見面，但一打開門、進到派對後才發現……

派對的主題是牛仔穿搭！即使先前鳥神並不知道有指定主題，但他的褲子上仍有牛仔的元素在，但我呢？大紅的襯衫、黑色的皮夾克，再搭配休閒西裝褲，如果沒說我是 Bird 的朋友，他們大概會覺得我是金牌特務吧！可惡！

「好啦，沒有人會注意你的。」另一方輕聲安撫著。

8　ก่ำขี้ดีกว่าก่ำตด，泰國俗諺，意思是「有總比沒有好」。

「你當然能這樣說，你的褲子可沒有那麼違和，不像我……」

「那麼出色！」

「出色你爸啦！」

「別那麼執著嘛～等下我帶你去跟壽星打招呼。」之後好友就拉著我走向陽台，那裡正站著兩個人，而我的來到讓其中一位高個子的男人轉過來、露出微笑。

「嘿！Bird，好開心你來了！」那個聲音低沉，他有著雞蛋臉、高挺的鼻子，還有一張菱角嘴，越看越覺得他全身散發著光環。該死的，這隻死鳥怎麼淨認識一些長得非常好看的人呀！

「我也很開心你約我來。生日快樂！這個是禮物。」右手遞出了一個禮物盒。面前的人接過後先跟 Bird 道了謝，才將視線慢慢轉到我身上。

「這是……」

「喔～這是我同校的好朋友，叫做 Chayin，他是很厲害的詞曲創作人喔！對了，Chayin，這是我朋友，叫做 Ryu，朋友超喜歡叫他『聯邦的』，但你想叫什麼都隨你方便。」介紹才剛結束，我就拿出買來當作禮物的鋼筆禮盒給對方，以及一句平常的祝福：

「祝你生日快樂，也很高興認識你！」

「我的榮幸。會餓嗎？可以先找點東西吃，裡面有很多，飲料也隨意喝。」我點了點頭，愣了一下後才跟著壽星走進室內。

問我現在的感覺嗎？我超想把頭埋進土裡，然後消失不見的！

真是丟臉死了，我像個怪胎一樣，人家全身都是牛仔元素，那你呢？因此，在拿了啤酒、喝了一會兒之後，我就躲避眾人視線，

跑去廁所將皮衣脫掉，然後盯著鏡子裡的自己。

這場派對可以說並沒有邀請很多人，算一下大概在二十人左右，但我敢說，這二十個人裡面一定有人在笑我！想到這裡，我就想先逃回家了，要不是鳥神叫我要待到吹蠟燭的時候，我就不在這裡了！

叩叩叩。

敲門的聲音響起，讓我再次回復理智、走去開門，怕別人有急事要用。但卻不是，我一開門出去，門外站的人是 Yuk。

「你……怎麼會來？」看到他的時候，我除了驚訝，同時也覺得開心。

「跟 Top 一起來的，而且 Ryu 也是我朋友。」

「啥？」

世界有夠小！

「不用那麼驚訝，小孩。你為什麼進廁所這麼久？」

「沒什麼，只是……」

在我腦子裡還在思考，要用什麼藉口來解釋時，大手突然拿了一件牛仔上衣掛到我的肩膀上。上頭的味道讓我立刻知道，這是面前這個人的衣服。

「好點了沒？」他問，但我不知道該如何回答，除了將對方從頭到腳看了一遍，這大概是我第一次看到 Satawat 穿非黑色的衣服，而且牛仔夾克看起來很適合他。

「那你怎麼知道我……」

「Bird 打給 Top 說的，那時我正跟他在一起，所以就帶了衣服，

以備不時之需。」

「謝謝。」

「出來外面吧，待在廁所不覺得臭嗎？」

我被拉到外面，而我的自信心也增加了好幾倍，有好幾個人敢過來多認識我，他們說一開始還以為我很高傲。

我不是高傲！！！我只是尷尬！

Yuk 站著跟壽星聊了一會兒之後，走去另一頭找 Top；Bird 跟著知名女團的歌曲，忘我地手舞足蹈；而我則躲到陽台尋找片刻寧靜，直到 Ryu 跟了過來。

「請問食物好吃嗎？」有特色的嗓音響起，我轉過頭。

「很好吃。」

「很高興你會喜歡。」

有必要跟我這麼客氣就是了？

「謝謝你不嫌棄，就算我只是你朋友的朋友而已。」旁邊的人大笑了起來，手肘靠到陽台的欄杆上，手裡還拿著酒杯、晃來晃去。

「不需要這麼客氣啦，輕鬆一點講話就好了，其實我是個愛鬧的人。」

「我……我也滿愛鬧的。」

「你是詞曲創作人喔？我聽過《你曾有過的愛》，很好聽！」

「謝謝。」

好開心呀，又多了一個人聽我的歌，不知道為什麼很開心。

「寫歌應該會認識很多音樂界的人吧？那你認識『The Toys[9]』嗎？」

「有見過，但不熟。」

「朋友超喜歡 The Toys 的，但我比較喜歡你。」

砰！

這麼直接稱讚我，我會害羞的啊 Ryu！我發誓我們才剛認識，不過看他的樣子，這個人應該很會甜言蜜語，也很花心，外加他很懂得情趣，如果我是女生的話，早就直接踢斷他的腳、把他拖進房間裡了。

「謝謝你的稱讚，是說你呢？做什麼工作的？」不要只問我，也讓我八卦一下他人的事情。

「還在唸書，目前是 Resident。」我一臉茫然，於是他補充：「我是個醫生，正繼續專攻精神醫學。」喔吼！又一個人生勝利組！反觀我自己，什麼都沒有，連肚子都填不飽。

「在哪裡唸書啊？」

「B 大，在這裡念了六年畢業後，不用學費可以繼續專攻。」

「你年少有成耶，不錯！」

「你也一樣。」

你知道事實的話，就不會這麼說了。我整個人從頭窮到腳，好久沒有工作了，沒工作到被好些人稱呼為「隱居男孩」。我其實不是隱居，而是沒有錢才不想出門去哪裡。

9　Thanwa Boonsoongnern，是泰國知名的歌手及詞曲創作人，近期作品有電影《就愛斷捨離》的主題曲《หวงแต่เก็บ》。

突然一陣沉默，兩個人似乎都不知道要聊些什麼，只好看著大手拿起酒杯、晃來晃去，兩人之間剩下呼吸的聲音。幾分鐘過去後，對方好不容易才找到另一個話題。

　　「今晚的星星很漂亮。」

　　我抬頭看著漆黑的天空，黑暗中點綴了滿滿的星光。

　　「對啊，好美。我喜歡看星星，但不認得。」簡單說，就是笨。

　　「是喔？那邊最亮的一顆是北極星。」他指著天空，我順著指尖看過去，然後說：

　　「它是我唯一認得的星星，因為最好找。」

　　「對呀。」那個人應了一聲後，繼續洋洋灑灑地講著相關知識給我聽：「找不到它的時候，也可以從大熊星座或者天后座去找北極星的位置。

　　「大熊⋯⋯」我咕噥著。

　　「就是 M14，裡面有顆重要的星是 PC 0832/676。」

　　除了 MSN 上的大熊外，沒有人跟我聊過這個，但為什麼 Ryu 醫生會對這件事知道那麼多？各種懷疑陸續朝我迎面而來，而我的腦子也開始將每件事情一一連接起來。

　　「為什麼你會知道 PC 0832/676？」

　　「因為它是銀河系裡最遠的一顆星，而我一直都喜歡研究各種『之最』。」

　　開始接近了，但還不能完全相信。

　　「Ryu，我先失陪一下。」沒等他的允許，我就衝去找 Bird，此時他正在地板上忘情地跳著舞。當他把一臉疑惑地轉過來看著我

時，我已經開始朝他不停地發射問題。

「Bird，幹！你那個MSN光碟的事情，你有拿給Ryu醫生嗎？如果有，那問他誰是大熊時，他怎麼回答的？」

「靠！Chayin你在搞什麼鬼？」接著我打斷了他的鬼叫。

「先回答我！」

「對啦，我有給他光碟，然後我去問他的時候，他說不知道。可以了嗎？」

賓果！一定是他！

真的很會裝啊，死大熊！

而且，昨天聊MSN時，他也說有生日派對，想不到真相就是這麼簡單，我努力找了很久的人，總算知道是誰了！

好像搬開了心中的大石頭一樣，知道他是醫生後，就不用再去擔心這件事了！而且就跟他之前所說的一樣，他唸B大，至於藝術學院畢業，大概是唬人的。

我吹著口哨、離開跳舞的地方。看到Yuk坐在沙發上，我便走過去、坐到他旁邊。

「在做什麼？」

「沒什麼，只是找了點東西來讀。」

我坐得離對方更近一點，試圖把臉伸過去看手機螢幕，但Yuk卻用手擋住，好像不想讓我看一樣。

「有什麼秘密？你給我說！」

「你確定要聽？」

「快說！」聽到身旁的人嘆了一口氣後，大手開始在手機上滑

來滑去,接著開始唸……

「當硬挺捅進我的身體時,我全身像被上百伏特的電流通過一樣。Yuk,放開我……啊啊!啊～～～」

在聽到那淫穢的句子之後,我的臉整個燒了起來。

混蛋!!!!!

這傢伙什麼都有,除了信任。

「停!不要唸了,立刻!」我趕緊從大手中抓過手機,而Yuk任我輕鬆搶走手機之後,便開心地大笑起來。

「是你叫我講給你聽的,而且這篇還沒結束喔!」

「你真的很惡劣!就叫你不要唸了!」

「人家寫的,不讀一下好像有點太沒良心了。」我不知道自己現在的面色如何,但應該非常地紅,因為我氣到全身發抖發燙。

「你立刻從手機裡刪掉!」

「你說什麼?故事裡明明是你提議的,而且一到就爬到我身上,不停上下吞吐,這樣你還來命令我刪掉?我要報告部長喔!」

誰家部長啦!神經病!

「呦?小孩你生氣囉?」他伸手過來捏我的臉頰。

「少來煩我!」

「好嘛,之後不唸了,唸了也不讓你聽見。」

「還要繼續鬧我?」

我站起身、作勢要往Yuk這個王八蛋的頭巴下去,但最終把手放了下來,因為剛好看到Ryu走了過來,於是我將手機丟還給Yuk,然後走去找大熊、冷靜情緒。

━━━━━━━━━ Satawat 視角 ━━━━━━━━━

他走了。

我不是故意惹他生氣的。好啦，我承認我想逗他，但沒想到他會真的生氣，現在還一臉憤恨地跑去找我另一個朋友——那個我幾乎當做是敵人的朋友。

Ryu是我中學的朋友，但我們不同班，可以說是天南地北的兩個人。他唸科學類組，而我選的是藝術，我們從國中開始就不斷比個不停。

選學生會長的時候，盡全力比拚；比長相就更不用說了，是刀刀見骨的；但我們腦袋的層次卻是天差地遠，他想的都是女人，而我呢，則是一些阿沙不魯的事情。

靠⋯⋯好像沒有誰比較好！

「你家小孩跑去找他了，兩個人看起來熟得很快耶。」後援部隊走過來調侃我。

我送了個中指給Top，但他看起來卻一臉無所謂。他來我旁邊坐下，伸手拍拍我的肩膀作為安慰，不過表情卻寫滿了「看熱鬧」三個字。

雖然我跟Top的交情的確才剛變好，但他連我從初次見到Chayin就喜歡上人家的事情也知道，於是他幫了幾次忙，居中從Bird那邊打聽Chayin的事情。

一切都好好地前進著，直到Ryu的出現。

誰會知道Bird也認識我這位朋友，還居然帶著Chayin一起來！我很擔心！！

「Chayin不會喜歡他啦！」我默默地反駁。

「人家可是以前的醫學系之月吶～」

「只是醫學系之月而已。」

「你這個DA'VANCE之月有權利說話嗎？」

死Top，你這個……

我看著Chayin跟可惡的Ryu在房間的一角聊著天，手裡一人拿著一杯飲料，兩個人又說又笑，完全沒注意到有人正在盯著他們看，而那個人，就是我……

「人家一來就是沉穩又酷酷的樣子，你輸了你！」Top還不忘諷刺我。

「……」

「你從人家唸醫科那刻就輸了啦。」

對啊，是我先玩火的，結果人家跟在後面開張，輸慘了……

「唸藝術的該拿什麼拚？」

「把Chayin帶上床如何？從頭到腳吃乾抹淨，搞定！」

看看他的建議！不是我不想這麼做，是我辦不到，從初見要電話、跟到他家、買書給他，覺得不夠明顯還直接告白，但結果被拒絕了。

我是被拒絕的人啊！要我怎麼上他？

「不要想這件事了，我還有辦法追求他。」

「人家那是醫生吶～」

「醫生又怎樣，腦子比別人大，但心卻只有一丁點。」

「不像你是吧，心寬得要死，腦卻一點也不剩。」去跟該死的Ryu比之前，先讓我賞這個死Top的臉幾下！不幫忙就算了，還一直阻擾我！

然後那是怎樣？你有什麼權力去碰Chayin的頭髮啊！

我一直盯著那兩人的一舉一動，但必須說，坐在這裡看著他們兩個的耐心快要用完了！

「去吧！」Top提議。

「去制止他們嗎？」

「去穿鞋回家啦！Yuk，你輸了！」真的什麼忙都不幫耶！我作勢要站起來，但被Top緊緊地拉住。「Yuk！你要冷靜一點，一心急就全完了！」

「那我要怎麼做？」

「先觀察，當Chayin跟他分開的時候，你再上去刷分數，現在這樣插進去，只是兩敗俱傷而已。」

我聽從好友的建議，見他拿出手機瀏覽著什麼資訊，然後才拿給我看。

「有人拿Ryu的照片去貼在『可愛男孩』的粉專上，還有加上Hashtag #帥醫生說繼續，勢頭不小喔！但你別擔心，晚點我來幫你把你們兩人的tag #YukYinCouple刷上泰國趨勢。」

「上吧！快點刷。」這時候，我也不想否認了，粉絲既然創造了這個tag，就要好好地把船划下去。

我是從tag中學到這個詞的，YukYin的船不能沉！我會划，就

算船底破了，我也要游泳過去！

然後，那是幹嘛？

我全身僵硬地坐著，看著Chayin從褲子口袋裡緩緩拿出手機，而Ryu也做了一樣的動作。你要幹什麼？跟我家小孩要電話嗎？

只能咬著牙，看著喜歡的人跟別人交換電話、謙和地有說有笑，和我之前相處的Chayin完全不一樣。

或許，一個沒有追求過誰的人，他的愛情就是這樣吧。

「Top，我決定了！」

「決定認輸嗎？」

「完全相反！」

「……」

「就算Chayin選的是別人，我也要把他搶過來！」

生日派對結束後，已經兩天了，我沒有再去找過Chayin。那天晚上，我們也沒有再多聊什麼，除了他將夾克還給我，然後各自返家之外。Top也叫我冷靜一點，不要太著急。

於是，我只好用唯一不會讓他覺得不舒服的管道跟他聯繫，那就是MSN，但我們的對話卻似乎越來越詭異，對方好像知道我是誰一樣，但那明明是不可能的事情。

下午的時候，我接到我姊打來的電話，她要我去店裡。我試圖拒絕，但她哭了出來，讓我不得不去找她。

我姊大我三歲，先前我們幾乎每天都會見到面，但自從她在大學裡開了咖啡廳後，我就越來越少去找她，因為不想去人很擁擠的

地方，那傢伙看似當下可以理解，卻也要了幾次任性，最後我只好每個月至少去找她三次。

「歡迎光臨，噢！是Yuk喔！」尖細的嗓音是她的個人特色。

我踏進店裡，照樣地戴著棒球帽和口罩，因為我不希望被別人關注，但她的店裡總是滿滿的客人，並沒有什麼門可羅雀的時段。

「最近如何？」我問。

「想你！今天我的員工不在，你就幫忙當一天服務生吧！」

「叫我來讓妳使喚的吧！」

我了然於心地嘆了一口氣。

我姊的咖啡廳開在藥學系的前方，整間店都漆成了黃色，可以說吸引了全校的目光。一走進店裡，就會看見牆上固定著上百幅的相框，裝著世上所有韓團明星的照片。

也因此，大學裡的學生都稱呼這間店叫「迷妹咖啡廳」，是世界上各團體及各路迷妹的集中地，也無怪乎這家店的女性客人比男生多上許多。

「哪是使喚，這叫『粉絲測試』！」

「是差在哪？」

我姊叫做Yam，有個韓國男友，但誰也別不經意喊她Yam，因為那是上輩子的事了，現在要叫她：潤……潤娥。靠，她以為自己是明星嗎？但我對這件事沒有反對過，因為這是她的愛好。

「是要不要幫忙啦？」那傢伙又問了一次。

「我能拒絕得了姊姊妳嗎？」

「很好！親愛的老弟，那個圍裙在櫃檯後面、工作的時候記得

要有禮貌，還有脫掉你的帽子跟口罩，然後快去送飲料！」

「姊，妳也知道我不喜歡……」

「那你曾經吵贏過我嗎？快去！」我被趕到櫃台後面，照她的命令脫去帽子跟口罩，拿起黃色的圍裙穿上，接著就看到我姊拿了一本雜誌走過來。

「我喜歡這個髮色。」說完還指了指照片。

「那就去染啊。」

「不是我染，是你去染，看到了嗎？染了之後好像世勳喔！」

「叫妳男朋友去染吧！」

「我男朋友已經跟敏鎬染同個顏色了！」

「我不要！之前還逼我去染粉紅色，妳瘋了嗎？」

「為什麼我弟人這麼差。」我趕緊走去接下客戶的點單，只為了遠離煩人的聲音，但還是聽得見後方不遠處傳來的呢喃聲：「不要～金 Yuk，先回來找你的努娜[10]啊～～～」

要瘋了……

「嘿！小哥～」

如同躲了老虎又遇到鱷魚，當我走過去接客人的點單時，每個人像是眼睛不會眨一樣地看著我，還大聲地竊竊私語，讓我感到很煩躁。

「請問要點什麼呢？」

「有什麼推薦的嗎？」長相可愛的女生問。

---

10 Noona，韓文中，男生用來稱呼姊姊的用話。

「請參考菜單喔，我也不知道有什麼好吃的。」

「Yuk！！！不要鬧客人！妹妹，每一樣都很好吃喔～最多人點的是草莓冰酥，點滿十次，還可以獲得韓國歐巴的鑰匙圈喔！」

我姊插話進來，她能跟大家打成一片，跟我完全不同，我只選擇跟我在乎的人相處。

「真的？那我點草莓冰酥好了！」

我寫好客人點的餐點後，走去交給在櫃檯等的人。我姊的責任是製作餐點，而我則是服務客人，然後偶爾被叫去拖地。超煩，但也不能怎樣。

「歡迎光臨。」Yam姊轉過頭對新來的客人說，同時手上還忙著客人的點單。

我轉向門口，看見一個眼熟的纖細身影跟我以前的死對頭一起走了進來，感覺像是被榔頭重重地敲了腦袋一樣，只能看著他們兩人移動到空桌、坐了下來。

Chayin是跟該死的Ryu一起來的！

越是感覺自己輸了。

「你呆站在那裡幹嘛？快去幫客人點餐！」我點頭表示知道了，挪動雙腳過去找他們。起初一臉漠然的Chayin在抬頭看見我時，露出了驚訝的表情。他大概沒想到會在這裡見到我吧。

「你……」而這是小孩的第一句招呼語。

「嗯？你來附近做什麼？」我努力不露出任何蛛絲馬跡。

「我來醫院找Ryu，那你來做什麼的？」

「這是我姊的店。」

「這樣啊。」

「要點什麼？」我趕緊打斷話題。我完全沒跟Ryu打招呼，知道他應該也不喜歡我。要說我們是朋友也對，但千萬別讓我們下場比試，不然所謂的交情大概就要毀於一旦了。

我現在就開始討厭Ryu了，然後看看他⋯⋯

那個貴死人的錢包一定要放桌上，不能放其他地方就對了？你爸咧！

「那我要熱巧克力。」

「我點冰的卡布奇諾好了。」

我用鉛筆在紙上寫下後，快速地離開現場。心裡覺得很酸，但也知道自己沒有權力做什麼。

「Yuk～Yuk～跟Ryu醫生坐在那裡的底迪，是不是你在推特上的緋聞男友？長得好眼熟，叫Chayin對吧？」我姊的聲音大到整間店的人都轉過來看，連被提及的人也一臉莫名其妙。

「妳冷靜點。」

「啊啊啊啊啊！就是他！Chayin底迪，我是Yuk的姊姊，我把他託給你了，他之前可沒有追過誰喔！」

這在搞什麼！

我暗咒在心底，然後巨浪緩緩地開始形成，店裡的女孩子開始聚集並談論得越來越大聲，還有幾個拿出手機偷拍，而我將她們的一舉一動都看在眼裡。

「呃⋯⋯好⋯⋯」Chayin看起來也回答得很困惑。

「不用聽她的。姊，妳去幫客人做飲料啦！」

Yam雖然一臉不滿，但還是乖乖地走回了櫃台。這之後，開始陸續有幾個大學生走過來、要求拍照，而最誇張的就是這一群了……

　　「Yuk哥，請問我們可以拍你跟Chayin哥的合照嗎？」

　　「他可能不太方便吧。」

　　「那我先去求Chayin哥，如果他同意了，可以拍嗎？」

　　「好。」

　　學妹像光一樣，立刻衝向小孩那桌，沒多久就聽見開心的尖叫聲，她過來將我拖去Chayin那桌，然後拿出了手機。

　　「哥坐他旁邊啊！Ryu醫生，讓我們打擾一下喔！」Ryu點點頭，至於我跟Chayin則全身僵硬地坐在一起，不知該說什麼。

　　「Yuk哥跟Chayin哥，可以給個手指愛心嗎？」

　　好，做就做。

　　「手指比個七。」

　　這是我人生第一次甘願做這種神經病的事情，可能是因為旁邊的人是Chayin吧。

　　因為是他，所以我願意接受一切。

　　「非常謝謝你們！還有我想說，我朋友叫做Ming，就是寫Chayin哥懷孕那篇的人，很有名喔！」我忍不住轉頭去看旁邊那人的臉色，Chayin現在看起來快哭了。

　　基於可憐及心疼，我用強硬的語氣跟面前的女孩說：

　　「哪個？是誰寫跟我有關的小說？」

　　那個學妹一臉害怕地縮在朋友背後，她全身發抖、不知所措，

連說話都吞吞吐吐的。

「那個，哥⋯⋯我⋯⋯我很抱⋯⋯」

「我很喜歡喔，寫得很好，我等著看下一章呢！」

「啊啊啊啊啊啊啊！！！」

碰！

那一秒，我⋯⋯聾了！

十幾分鐘後，店裡好不容易回復平常的狀態，大學生們總算願意放過我們，讓我可以好好地替我姊做事情，但我仍不時地回頭去看Chayin跟Ryu。半個小時之後，他們兩人走到櫃檯來結帳。

「咖啡總共是60銖，至於熱巧克力，不用錢。」

「你說什麼？」Chayin喊了出來。

「你不用付錢，我姊要請你。」事實上，不是我姊，是我請客。

「你們是開店做生意的耶！」

「那你下次來再付就好。」

「這樣喔？」

「我先去外面等你喔。」Ryu插了話，從錢包裡抽出錢來付款，我趕緊結了帳並將收據遞給他，然後該死的醫生就先走出去了，只剩小孩站在我的面前。

「我不知道你姊姊在這裡有店。」那個人問。

「我也不知道你跟Ryu很熟，熟到可以每天一起出去。」

「哪有！只有今天，我剛好有空。」

「是喔？但你們很合得來啊。」感到吃醋，但不得不承認，兩個人真的很適合，或許從生日那天起就是如此了吧。

「這兩天你都沒來我家。」他的聲音慢慢小了下來。

Chayin你到底要多可愛？光是這樣，我就快瘋了。

「我怕你覺得煩躁啊。」

「……」

「而且你這麼搶手，我大概拚不過其他人。」

他圓圓的眼睛瞪得老大，輕咬了一下薄脣，好像要說什麼卻又吞了回去，彼此沉默了一陣子，Chayin終於願意說出口：

「為什麼要拚過別人？」

「啥？」

「幹嘛要比，你什麼都不用做，就已經贏過別人了。」

怦！

怦！

怦！

不知道像Chayin這麼傻的人為什麼會說出這種話，但它讓我的心陷落，落在你的掌心裡。

「我先回去了！」

「Chayin你先別走！」

「怎麼了嗎？」

「等我一下！我立刻去領錢給你！」

無法用狡猾，就必須像大爺一樣用錢！媽的，可愛死了～～

━━━━━━━ Satawat 視角結束 ━━━━━━━

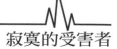

第八章

寂寞的受害者

　　我迷惘地走出咖啡廳後，沒有跟 Ryu 再去續攤，而是先脫身返家。我其實也搞不懂我自己，在見到 Yuk 之後，煩躁跟愧疚交雜的感覺很快就湧了上來，而他那憂鬱的表情，總結成一句話就是「我不想要你跟 Ryu 親近」。

　　說真的，我要跟誰好，是我的權利吧？但為何我心裡卻如此的不舒坦？

　　媽的……本來出來玩是想要回復精神，現在卻變成得一個人回家寂寞了。工作啊工作，快點來連絡我吧！這筆錢用完之後，就沒剩什麼可以吃了吶！

　　仍舊很寂寞，朋友都有自己的世界，那我呢？有寂寞來陪啊。從前一次帶寂寞去演唱會開始，它對我的呼喚也逐漸多到煩人，幾乎無時無刻都來招呼我，還好後來有 Yuk 進到我的生活裡，我與寂寞才拉開了一些距離。

　　Yuk……

　　我終究還是想起了他。

　　「不行，不要想！我才不要想他！」

　　每當獨自一人的時候，人們就很常像這樣胡思亂想，我為了甩開腦海裡的雜想，而玩起了原本放在床尾的筆電，不過平常會逛的

網頁也沒幾個就是了。

只有Facebook、Twitter、YouTube、Netflix及色情網站。

我揮霍著過剩的時間，自己的腦袋也鈍到想不出新的歌曲，因為沒有期望它能夠賣得掉。

在社群網站上浪費了好幾個小時的呼吸之後，推特上一個眼熟的話題，不明所以地再次跳上了趨勢榜，因為不明的原因，我的心臟開始撲通撲通地狂跳，而我猜，大概是個壞預兆。

媽的咧！ #YukYinCouple 又再次回來糾纏我了！！！

抱著不想獨自胡思亂想到發瘋的心態，我用超光速點開了這個熱門的tag。

靠！喔吼，我的媽呀！裡頭貼滿了我跟Yuk的臉，還有滿坑滿谷、不知道何時會停止的轉推，每一則推文都很戲劇化，看到這裡，我眼淚又要流下來了。

「今天作家大人是服務小弟呦～但看樣子，應該正在跟寫歌大大鬧彆扭中，寫歌大大今天跟醫師一起玩了很久呢。」

靠，看樣子，他大概真的在跟我鬧脾氣吧，連外人都看出來了。

「我想他們應該已經私訊解決了啦！」
「床上解決似乎也是個好方法呐～」

「什麼床上啦！！！！！」

我大聲咒罵了出來，然後才發現我真的躺在床上玩電腦，就只差在——我的房裡現在只有自己一個人。

除此之外，tag裡還鉅細靡遺地講了咖啡廳中發生的每一件事，有些連我都不確定是不是真的，但看起來每個人都信了，重點是，他們還都很喜歡。

我沒有覺得生氣或者難過，只是一開始有點被嚇到，但試著讀了一會兒才發現，那些不經意被拍的照片還滿不錯的。沒錯，我感覺自己真的頗帥！但如果Yuk同時出現在照片時，我立刻就變得黯淡。

「大家！《My Boss》第一章更新了！請 #YukYinCouple 的信徒們多多指教喔！」

滑一滑就看到新的小說被貼在tag裡頭。真是不想說他們了，舊的那篇有一陣子沒更新，還以為學乖了，結果新的一篇又來了！

但我被人類無止盡的好奇心驅使，點開了推特裡的連結，然後新視窗很快就跳了出來。

「什麼鬼？」一看見首頁的顯示，我忍不住跟自己說。

藍色小藥丸、催情藥、飛機杯……等等？給我等一下！！

一開始還以為是中了木馬程式的頭獎，不過滑來滑去之後才知道，原來是貼小說的網頁啊。咕～大家口中Chayin的形象啊！

先不說這個了，它不是什麼重要的事情，因為真的該關注的是這篇小說，寫的人剛更新了第一章，而我只是想知道自己在裡面是

什麼職業，因為上次懷孕那篇，已經讓我完全不知道該把臉往哪裡擺了。

　　我先掃了一遍眼前的文字，然後才開始仔細地讀。

　　這篇裡，Satawat好像是一家音樂創作公司的老闆。呵！那我猜，自己大概跟真實人生一樣是個詞曲創作人吧。

　　「唉～」

　　當在下一行看到自己的名字時，我吐了一口氣，我是個……詞曲創作人，就跟預期一樣。再見了，肚子裡的孩子；再見了，虛弱的孕期。我呸！

　　「唉喲！好痛，你……你幹嘛推我？」

　　劇情看起來跟八點檔一樣狗血。我被推倒在地之後，Yuk像打拳一樣，一臉兇狠地直面我而來，然後用力地抬起我的下巴。

　　哈哈哈哈哈哈哈，靠北啊！

　　真實世界中有人會這樣做嗎？但沒關係，小說本來就總是不切實際，我認真地繼續往下看，心中覺得有趣。

　　「因為你淫蕩！」

　　嗯？還是個淫蕩的詞曲創作人喔？好誇張！

　　「我……我愛你。」

　　「但我沒有愛過你，滾出去！不要讓我再看到你的臉！」

什麼《邱比特眼淚》[11]的鬼劇情！我讀著開場的一幕，其中的劇情狗血到令人想笑，裡頭非常詳盡地描寫了我如何跪在地上爬行、緊緊地拉住老闆的腿，然後用顫抖的聲音向他乞求。

「請讓我留下來吧！」

「……」

「就算再辛苦，我也不會說什麼，只求……你讓我繼續當你的性奴！」

什麼？

前一篇是懷孕，這篇是當性奴？

WHAT THE FUCK！為什麼Chayin的人生會如此低賤呢？想到就覺得哀傷，請讓哥把小說關掉嘿！真的無法繼續再讀了，第一章就這麼苦苦哀求了，在後面章節裡，我還能不被鎖鏈、鞭子跟手銬好好招待嗎？

真羨慕Yuk，前一篇是作家，這一篇是公司老闆，重要的是，他還是攻！吼～～～我也想當一下攻，為什麼不可以？人很差耶！這群人真是對我太壞了！

我要跟媽媽告狀！但因為知道我媽必定會反過來罵我智障，我只好拖著身體，無力地坐到電腦前、登入MSN，只為了把每一件事講給大熊聽。

11　น้ำตากามเทพ，2015年的泰劇，是齣集結了各種狗血劇的老哏、以逗趣的方式呈現的戲劇。

我覺得Ryu應該能夠給我不錯的意見吧，雖然他的名字會在#YukYinCouple的故事裡變成我跟Yuk之間的第三者。

叩叩叩。

或許是因為現在並不是大熊會上線的深夜，所以我只好先留大量的訊息給他，而敲門聲正好在此時響起，我拖著腳走到門邊，轉開門把，去迎接門外的人。

還以為會看到有人站在那裡，但面前的地板卻是空空蕩蕩的，只有一大袋超市的袋子，被掛在外面。

Yuk……

也沒有誰會這樣做了，我左看右看，試圖想找大個子的影子，但一點痕跡也沒有，所以我就關了門，走向小廚房，想看看袋子裡頭裝了什麼東西。

第一個注意到的是村上春樹的書，離收到上一本書已經好久了，我將它拿了起來，大致翻閱了一下，希望裡頭有夾著一些留言，但卻大失所望。

我到底在期待什麼？

除此之外，袋子裡還有牛奶、果汁、麵包及好幾項生鮮食品，足夠讓我再應付幾天萎靡的生活了。我好想問Yuk，他做到這個程度的理由是什麼，明明我也不是什麼好對象，更重要的是，找甚至還沒接受他的愛。如果他這樣做是希望我會喜歡他，那我得說，這是不可能的。

不是每個對我好的人，我都會喜歡，不然就不用每天覺得寂寞了。其實要跟他切斷關係也不是不行，但我仍有一些問題，還無法

給自己答案，只知道……我心底並不想跟對方切斷關係。

有夠搞不懂自己的，而現在也不是弄清楚的好時機。我將胡思亂想拋出腦外，轉身將生鮮食品放進冰箱。我承認啦，自從有了Yuk以後，我就不知道什麼叫餓肚子了。

叮～

手機的提示音響了，我轉過去注意0.3秒後，就回來繼續整理食物，但是……

是你～～～～～我的眼角瞄到了好消息。我趕緊踢上冰箱的門，快步走去拿起放在餐桌上的手機。

打開前，哥先替富饒的生活念個咒、祈求幾分鐘吧！如果我沒有眼花或者正在作夢，跳出來的通知絕對是來自電子郵件，而這有99.99%的可能是跟工作有關。

我深吸了一口氣，顫抖的手指點在碎裂的手機螢幕上，然後掃過剛送來的訊息，我的心臟像在跳倫巴一樣跳得飛快。

啊啊啊啊啊啊！神啊，有工作進來了！Chayin終於有工作了啊啊啊！

我差點跑去告訴全公寓的人，高興到在爐子前面大跳特跳，就為了說給全世界的人聽，各位……這時代最受歡迎的詞曲創作人正要回歸啦！而且這次還增加到兩個案子！製作人額外跟我解釋：因為「Chayin」最近在推特上成為趨勢，所以高層希望我能寫首歌、幫一個團拉點聽眾進來，這讓我有點傷心，因為他看重的不是我的能力，但沒關係，跟錢，我才不計較咧！

我親愛的製作人送了案子的詳細資訊來給我，第一個案子是公

司旗下歌手的新專輯，這部分已經有團隊負責曲子的部分了，我的責任是填入適合的歌詞。這個案子並不趕，我可以悠哉悠哉地做，非常有助於消除我這個獨立接案者的寂寞。

第二個案子是要讓我當發起方。有個比賽出身的歌手正準備發行自己的第一張單曲，他希望我能幫他寫一首歌，但我只剩沒幾天可以寫曲子，而且之後還得先送去開會審核，拍板定案後才能繼續寫詞。

製作人問我，時間這麼趕，我要接嗎？我回答：當然接！

親愛的，我現在就跑去拿吉他過來。

進入「不挑工作、不餓肚子」的時期！

歌曲的課題越是跟墜入愛河有關，就越是我的專長。哥哥我一串燈燈燈燈下去，最後就會銷售一空、掛在排行榜上好幾週！

心痛的歌更是寫得好，其實他們沒有這個要求啦，但我正巧想寫來吹噓一下。

「各位歌迷朋友，哥哥我回來了！」鼓勵完自己之後，我就走過去拿了一罐咖啡出來，處理完填飽肚子的大業之後，才精力充沛地打開筆記、拿起吉他。

有些詞曲創作人擅長用鋼琴寫旋律，但有些人比較擅長用吉他，全看每個人自己擅長什麼。

有人曾說我生來就具有寫歌的天分，有時候甚至不用勉強去做什麼，所有靈感就蜂擁而上、塞滿了我的腦。我之前寫歌很快，曾經有過一個晚上就趕出具有業界水準的作品，接近十年所累積的經驗，一抓也是一大把。

因此，要寫一首歌出來，並不是什麼難事，尤其還有金錢作為努力的甜美報酬。

　　「曲風是正向積極。」我低頭讀著上頭寫好的備註，然後開始斷斷續續地刷了近一個小時的吉他，嘗試各種對與錯的可能。

　　半夜才轉換姿勢去坐在電腦前面，登入MSN跟大熊聊天，也吹噓了一下自己剛得到的工作，直到深夜。隔天一早，我就重新一次這個循環。

　　很幸運的是，旋律從我的腦子裡流洩出來，就像口水一樣，只花了一個晚上和半個白天，我便將歌曲完成，送交給審歌會議了。當天下午，我從email收到了好消息，我的作品輕鬆地通過了審核，所以我繼續開始寫歌詞。

　　但是……

　　真的禍福相生啊！不管我再怎麼寫，就是寫不出滿意的歌詞，副歌的歌詞仍舊空蕩蕩的，就像被我丟在房間一角的乾癟錢包。明明寫熱戀的歌曲是件很基本的事情，但我卻什麼也想不出來。

　　午夜時分，我決定跟大熊討論這件事。他建議我多花點時間，讓自己能進入那個情緒，但這個工作就很緊急，哪有時間讓我工作前先喝一杯啊？

　　最後我結束了話題，像個迷途之人繼續摸索要怎麼寫。寫出一版還堪用的歌詞之後，我試著送給團隊審核。隔天結果出爐了，歌詞沒有過關，會過的話，就是千年奇蹟了吧！

　　我將案子拿回來修改，如果第二次再沒過，這個案子大概會從手中溜走了。想到這，我的眼淚就流了下來，這比看自己懷孕或者

當性奴的小說還要痛苦好幾倍啦。

　　Yuk 從我的生活裡消失了好幾天，都沒有露面。Ryu 則偶爾打來邀我出門散心，也許會想到什麼靈感，而我也照他的建議做了，但我沒有說出我已經知道他是大熊，仍舊繼續裝傻。

　　我們分開之後，Ryu 就回去處理緊急的狀況了，而我則回家坐下來繼續寫歌，擠了點堪用的歌詞，但仍覺得不夠好。或許……是我不在愛情之中太久，久到想不起來剛戀愛的人是怎樣的感覺。

　　也許，這就是寫出這首歌前，最困難的一件事了。

　　「好煩好煩好煩！」跟自己抱怨完後，只能在房裡繞來繞去，繞到頭痛。我無法閉上眼睛去睡，因為沉重的責任讓我呼吸困難。

　　半夜，我透過 MSN 又跟 Ryu 聊了一次，他是一個很好的傾聽者，我抱怨的時候，他就會安靜下來、不會回覆什麼。只要知道對方仍在讀著每一條傳送過去的訊息，我就莫名地感到安心。

　　隔天一早，我睜開眼睛，發現自己喉嚨很乾、全身痠痛，兩隻眼睛快要張不開卻繼續撐著。我也記不得自己是哪時候不小心睡著的，只知道我並沒有睡在床上，而是趴在數不清的廢紙上頭，在地板上睡到早上。

　　「喔咿～～幹～～～～～」我立刻哀哀叫。

　　屁股抽筋，幹，喔咿～～～～

　　必須抬著屁股，拉筋拉了好久才終於回復過來。可惡！很趕的工作就是這麼痛苦折磨。

　　我沒吃早餐，只喝了一點水就走去洗臉，讓自己神清氣爽一

些，接著又回來繼續尋找寫歌的靈感。時間從分鐘走成了小時，從小時跨成了一日，我專心投入在空蕩的白紙之中，卻沒有得到任何的回報。

脳袋開始變得遲鈍，我想睡覺，但還是用力地甩甩頭，將身體保持清醒。牆上的時鐘告訴我，現在時間又再次繞到了午夜，我帶著壓力走向桌機，按下開機鍵，希望自己可以將它發洩出來。

MSN 仍是我僅有的慰藉，在登入後，我看見大熊已經先上線了。真奇怪，這不像他的習性，他總是抓在午夜十二點整上線，但今晚卻早了快十分鐘。

事不宜遲，我立刻傳了訊息，跟他打招呼。

Chayin says：太陽一定打西邊出來了，什麼原因讓你提早上線呀？

0 8 3 2 / 6 7 6 says：來安慰你，聽說你壓力很大，快死了沒？

Chayin says：你才死了咧！

我想我遭遇比寫歌更有壓力的事情了，鬧我都不看時間的！

0 8 3 2 / 6 7 6 says：呐～我有鼓勵要給你，去開一下 102.789 的廣播

Chayin says：是什麼？好興奮喔！ >///<

190

> 0 8 3 2 / 6 7 6 says：我跟花心Radio點了你的歌，你聽完就有力氣繼續寫了
>
> Chayin says：開心到手足無措呢

呸！花心Radio是哪個廣播電台？為什麼我從出生到現在沒有聽過？還有，它們有金曲排行榜嗎？怕是得跟其他公司的歌手前輩搶位置。

但對我來說，廣播中最怕的事情就是點歌了。媽的，我才不想要一打開就聽到什麼「小禮、小傑想點歌給家住樓下的恭哥」之類的留言咧。人家用廣播示愛是沒有錯啦，但錯在我不喜歡啊！

總之，我沒有照大熊所說的，去開來聽，反而選擇將所有的時間花在跟他鬥嘴上面。

> Chayin says：鬧完我之後，你趕緊離線滾吧！
> 我現在工作爆量，能跟你聊天的時間
> 可是我擠出來的
> 0 8 3 2 / 6 7 6 says：Chayin，你真的很荒謬耶
> Chayin says：-_-
> 0 8 3 2 / 6 7 6 says：還想不出歌詞對嗎？
> Chayin says：怎麼跟冤親債主一樣懂我？
> 0 8 3 2 / 6 7 6 says：謝謝稱讚

幹，我在罵你啦，可惡！

Chayin says：我來找你聊天，是希望你能幫上一點忙
媽的，但最後你什麼忙都沒幫到！說真的，你到底是討厭我什
麼呀？

沒有任何回覆的訊息。我開始覺得自己錯了，不該因為一時的
情緒，而不小心把前面那則訊息發出去。我承認我很焦慮，但那又
能怎樣。

打好了「抱歉」兩個字，但還沒來得及傳送⋯⋯

對方的訊息就突然跳了出來、打斷了我的節奏，我掃過出現在
螢幕上的文字，然後打著鍵盤的手就咚咚咚地顫抖了起來⋯⋯

０８３２／６７６ says：Chayin，我沒有討厭你。其實，那
個⋯⋯
我喜歡你

我喜歡你⋯⋯

我喜歡你。

我喜歡你！

欸～～～～～這世界到底怎麼了？

我複誦了面前的訊息好幾次，仍舊發現自己並不是眼花而錯讀
了那些文字，我的心跳得很快，鍵盤上僵硬的手，無意識地上下挪

動著。

　　試圖打了許多訊息，最後又刪掉，就這樣來回了好幾次，直到決定回覆他「是不是在開玩笑？」時，MSN 卻出乎意料地無法順利傳送了。

　　「是在搞什麼鬼？」

　　話還沒說完，新的視窗就跳了出來 —— 那是與大熊永別的信號。

　　模擬 MSN 的使用期限，三十天到了，就在時間剛好繞回午夜的時候，以後我再也無法跟 0832/676 聊天了。

　　各種情緒混雜在一起，包括難過、煩躁、焦慮跟困惑不解，因為這之前我才傳了賭氣的訊息給他，接著收到了他回覆的告白，而且我還不知道，他所說的話到底是真話還是玩笑話。

　　我再也無法從大熊那邊得到答案了。因此，我立刻拿起手機、撥電話給親愛的朋友 —— Bird。

　　『你這麼晚打給我幹嘛？』媽的，他總是這樣先發脾氣。

　　「大神，你的程式使用期限到了！有什麼方法可以讓我回去跟 MSN 裡面的人聊天嗎？」我想去問清楚、解除疑惑，這麼一來，才算是結束。

　　『沒辦法，就只能這樣。』

　　「但我想知道答案！如果事情這樣懸在心裡，我會睡不著！」

　　『我問你，你是跟誰聊了什麼？你這個症狀好嚴重啊！』

　　我深吸了一口氣，然後一個字一個字地說：

　　「聽好，Ryu！跟！我！告！白！」

『你說什麼？媽呀！Chayin，你是夢到嗎？』

「是夢到就好了，我想知道答案啦！他到底是認真的還是開玩笑。」

『你去跟本尊釐清啊！但說真的，你確定嗎？大熊真的是Ryu？』他的聲音聽起來有些懷疑。

我曾經跟Bird講過這件事，甚至告訴他各種證據與推論，去證明「大熊就是Ryu」的猜想。但大神朋友還是不太相信，只叫我等待真相去證明。

老實說，我有80％肯定他就是Ryu，不然過去這幾天，當我因為寫歌的事情很焦慮的時候，他幹嘛約我去外面尋找靈感？明明自己就已經很忙了。這怎麼看都不可能。

「我確定。」我用堅定的聲音回答電話的另一頭。

『確定的話，就找機會自己去問他吧！程式的責任已經盡了，剩下就靠你自己啦。』

這是Bird掛電話前，最後一個長句。

我在房裡繞著走，想著腦海裡的各種事情，然後再次坐回電腦前面，按下同意永久關閉程式的按鈕。

突然，我的心裡莫名地難過了起來。再見了，大熊；再見了，0832/676。

在真實人生裡，我們能有幾次遇到如此遙遠的星星呢？彼此在不同的世界裡，卻能夠聊天，但也總有一天會分開，回到各自的世界裡。

我還清楚記得我們第一天聊天，他用了很白目的訊息跟我說

「不喜歡跟陌生人講名字」，但是，在我們最後一天的聊天中，他卻說了，我喜歡你，媽的。

這兩個句子都一樣讓我靜默了一下，但卻是完全不同的感受。

最後……我還是沒有透過MSN知道他的名字。

「幹……心臟暴擊耶！」

突然間，一些句子用力地直擊我的腦袋，我趕緊跑去找紀錄歌詞的筆記本，飛快地寫下一些訊息，各種想法不停湧出，讓我開始擔心它們會瞬忽即逝。

我不敢相信，那些從感覺裡消失的歌詞、那些我全力尋覓了好幾天卻一無所獲的東西，今天卻如此地清晰。

我說，大熊什麼忙都沒幫到，但看看現在……反而是他幫了我才對。

我們不識情愛。

我們走近、認識彼此，跟其他想認識愛情的人一樣

而我們並不覺得那就是真愛，對嗎？

但最終，當時間過去，我們卻再次理解到……

我們不用認識愛情也沒關係，只要認識你就夠了。

這就是我想寫的概念，只差將字句重新排列組合，變成優美的歌詞。

我跟紙張、筆記、鉛筆和吉他共處了好幾個小時後，總算寫出了最終版的歌詞，那種感覺真的超棒。陽光從地平線露出來，我伸伸懶腰，接著動手錄製原聲版本、壓縮檔案，最後將Demo用郵件寄出。

在知道結果之前，我很難逼自己去睡覺，而我的腦袋也因為好久沒有睡飽而變得沉重渾沌，但仍舊無法停止思考。我固執地等著郵件的回覆，從早上到中午，再等到下午即將要過去。

疲憊的身體感覺像是中暑的狗一樣，都晚上七點了，卻什麼也還沒吃，我抱著希望在等待。

叮～

直到新的郵件被寄來，我趕緊打開訊息，當看到我千辛萬苦寫了一週的歌，已經得到許可，我就滿心雀躍。

「讚死了！」我跟自己說，稱讚自己、感謝自己。

今天要睡到飽、吃到撐，做任何想做的事情。當我思考完、準備走去廚房的時候，眼前的畫面卻開始變得不清晰，左搖右晃，幾次模糊到讓我覺得支撐身體的雙腳正在一點一滴地失去力氣。

獨立接案者，不可以生病、不可以休息。

不可以太愛工作……

碰！

▬▬▬▬▬▬▬ Satawat 視角 ▬▬▬▬▬▬▬

　　我站在熟悉的房門口，手上還提著超市的袋子。好幾天了，除了 MSN 以外，我沒有跟 Chayin 有所交談，因為不想打擾他的工作，所以只能將東西掛在他的門上。

　　昨天知道程式即將到期後，我鼓起勇氣、再次把自己的感覺告訴他。

　　就算沒有得到回答，但有跟他說過也好。

　　我猜他應該已經把歌交給公司了，所以今天就來鬧他一下。想見到他的臉、想聽到他的聲音、想看到他小巧的嘴巴，喋喋不休地回嘴的樣子，想到就覺得有趣。為了不浪費時間，我便動手敲了幾下門。

　　但屋裡的人卻沒有回應，我又敲了一次，但還是一樣的答案。

　　就這樣重複好幾次後，我決定打電話找那個人。我聽見裡面傳來手機來電的聲音，房裡的燈還開著，但為什麼卻沒有人接電話？嘗試了好幾次，確定 Chayin 應該不是在洗澡，正打算下樓尋求協助時，他家的門卻先打開了。

　　「Chayin！」

　　「哼！打這麼多通幹嘛？很煩耶！」他用沙啞的聲音說著，眼睛帶著血絲，頭髮凌亂，就連兩隻腳都站不太穩。

　　「你怎麼了？是不是不舒服？」不等對方回答，我就伸出空著的手摸了他的額頭後，又移到白皙的脖子上，接著就發現 Chayin 全身發熱，像被火燒一樣。

「好睏。」

「不是睏就是餓，你就只有這兩樣了。你現在生病了，有去看醫生嗎？」

面前的人搖了搖頭，於是我推著他進到裡面，將生鮮食品的袋子在桌上放好，然後牽著小個子，讓他回去臥室睡覺。

目前臥室裡的景象，放眼望去，淨是被揉成團的紙張、好幾本筆記本、橡皮擦屑、吉他撥片，還有許許多多被隨意棄置在地板上的垃圾，但屋子的主人卻不以為意，像夢遊般地走過去，然後將自己拋回床上，看起來十分疲憊。

「我之前暈倒了啦，哼，整個屁股都在痛。」他撐著眼睛、扯著嘴告狀，像個孩子一樣。

我坐在床邊，手過去握住他那張因發燒而泛紅的臉，然後問：

「幾天沒睡了？」

「昨天開始，但其實，我有一個星期沒睡飽了。」

「今天有吃飯嗎？」

「沒有。」

「之前有吃什麼？」

「咖啡。」

「真是欠打。」

躺著的人對我撇了撇嘴，我裝作不在意地走去尋找幫他擦身體的毛巾，接著找出食物跟藥來給生病的人吃。我敢說，如果今天不是我來找他，Chayin大概會虛弱無力地躺著，然後一整晚都沒有人照顧。

光是想像，心裡就亂成一團。我捏著手中半濕的毛巾，然後大步走向躺在床上、正在喘氣的纖細身體。

　　「我幫你擦個身體喔。」聽的人雖然眼睛眨了眨，但還是願意讓我從臉跟脖子開始，用毛巾幫他擦洗全身上下。

　　「我的歌過關了喔。」Chayin輕聲說著，脣邊露出了一個笑容，好像非常高興。

　　「恭喜你，但下次不好好照顧自己的話，就不要寫了。」

　　「那我要拿什麼吃飯？」

　　「我養你。」

　　「搞笑喔！」我的手沿著手臂擦著，然後伸進衣服裡，擦拭他的胸口。

　　下方的人低了頭、緊緊抿住雙脣，全身緊張地躺著，看起來十分可憐。因為發燒而泛紅的肌膚又更紅了點，紅得像是要被煮熟一樣。靠，看了差點忍不住，好想把他拖下床，一起去共譜愛的樂章，生米煮成熟飯。

　　「Chayin別緊張，我不會對你做什麼的。」即使我心裡其實真的超級想。

　　「很久沒有人幫我擦身體了，我不習慣。」

　　喔吼，那個聲音跟眼神，媽的！！！我好想在他身上留下咬痕，親自將他弄髒。真是太可愛了，這個人！！

　　但就算我心裡的想法再放肆，外在也只能維持聖人的樣子。

　　「那你該開始習慣了。把背轉過來一下。」個子較小的人乖乖照著做，讓我有機會將毛巾伸進去擦拭他光滑的後背。

吐氣……吸氣……吐氣……吸我……

我硬了的話，誰要負責呀？真的不想對病人做什麼啊！！

上半身擦完了，現在要繼續下半身的部分，還好 Chayin 穿的是短褲，擦起來比較方便，從腳趾頭一路擦到小腿肚及膝蓋，那白淨的腿讓觀者激起了不小的性致，情緒越擦越高昂，直到手不小心碰到了對方的重點部位。

身體的主人哆嗦了一下，身體像蝦子一樣蜷曲起來，然後用顫抖的聲音說：

「不要了，不要擦了。」我笑了出來，然後壞壞地笑他。

「只是手碰到一下，你就全身紅通通的，很興奮喔！」

「滾遠一點！滾！」

「好啊，等我再擦完一回，我就滾得遠遠的。」說完這些話，我就起身去了廁所，將毛巾清洗完後，再回來幫病人擦一遍身體。

Chayin 的身體紅了又紅，都不知道是因為發燒還是害羞了。我靜靜地看著床上那個人的臉，而他那雙圓圓的眼睛並沒有迴避，而是撐著眼看了回來。

「你臉上有一些毛孔耶。」我說。

「還是帥啊。」

「是可愛才對。」

「我不喜歡這個字！」

「Chayin 可愛。」

「滾遠點啦！」

「可愛！可愛！可……」

啪！

還沒來得及把話說完，他右腳膝蓋就往我頂了過來，力道就跟被平交道的欄杆尻到差不多。在眼前之人的嚷嚷中，我將他的褲子拉下一點。

「你要做什麼？脫我的褲子幹嘛？」

「你要負責！」我指著大腿上剛出現的紅印給對方看。

「你自作孽！」

「你的腳弄的！」

「是你在那邊說可愛的！」

「你真的很可愛啊。」

沒有任何反駁，那個人看起來不想再聽了，他拉過棉被、蒙住自己的頭，逃避交談，於是我走去將他的棉被拉開，讓他能比較好呼吸，之後關掉房間的燈、減少刺眼的光線。

Chayin哼哼唧唧了一會兒之後，就安靜了下來。

我下意識笑了出來，轉身去廚房弄點簡單的食物給病人，還好今天也有買即食粥，只要十分鐘，就能把食物弄好。

至於退燒藥或感冒藥，家裡剛好還有，所以就不用再辛苦下樓去外面買了。我熟門熟路地再次走回臥室，打開電燈開關，讓環境亮了起來。我知道這會干擾到他的睡眠，但不能讓他什麼都沒吃就去睡覺。

「Chayin醒醒，吃完飯跟藥之後再繼續睡。」纖細的身軀輾轉了一下，才撐開眼睛，表情有點不滿。

嘴唇有點乾裂，我抬起手背去碰觸他的額頭，再次確認體溫，

然後發現情況並沒有好轉。

「我不餓。」

「你不舒服，不餓也要吃東西。」

「不要。」

「你是不想好了嗎？」這時怎麼感覺自己像是變成了家長，正在說服小孩把盤子裡的飯菜吃完。

「病會自己好啦。」說完，那瘦小的身軀轉了過去，只留下背給我看。

「轉過來說說話。」

「不要。」

「Chayin聽話。」

「⋯⋯」

「小孩看看我的臉。」

句子最後，我也不等病人聽從命令了，直接拉過他的肩膀讓他平躺，然後疼愛地摸摸他的臉頰。

「吃飯、吃藥，然後你就可以睡到飽，懂嗎？」

「知⋯⋯知道了。」對我來說，他呢喃的嗓音非常悅耳，讓我必須克制自己不去做什麼魯莽的事情，只是扶他起來靠在床頭，再把日式小桌跟食物一起放置好。

「這是粥，然後這是水跟藥。」我平靜地說著。

「謝謝你。」Chayin說得含糊，然後自己伸手拿起湯匙。

「你要搬來跟我住嗎？」

「發神經喔？」

「你什麼都不會也沒關係，不會煮飯，我也不會說你什麼。」

「那你要煮給我吃嗎？」

「不是，買外面。」

「好棒的生活呢！請回家自己做夢去吧，我才不要。」我本來就沒期待會得到應允。

我用了將近半個小時，督促面前的人一口一口把粥吃掉，之後我餵他吃了藥，並幫他調整好比較舒服的睡覺姿勢，至於我則轉身去處理廚房，把生鮮食品在冰箱放好。其實我要回家也可以，但心裡擔心在房裡睡覺的病患半夜會不舒服，於是決定守在這裡。

安靜地睡在床邊，避免讓另一方覺得討厭。

「還不回去嗎？」但我的聲音似乎大到吵醒他了，而且因為房裡非常暗，所以我不知道他現在是怎樣的表情。

「我想顧著你，怕你又發燒的時候，會沒有人照顧。」

「那為什麼要睡在那裡？」

「人這麼好，要讓我上去跟你一起睡床嗎？」

「就算你給我一百萬，我也不會讓你上來我的床睡。」我們各自沉默了一下子，但我還是決定開口，讓他可以比較安心。

「你別怕，我並沒有要對你做什麼的想法。」

「我完全沒有那樣想。」

「……」

「只是怕你會被我傳染而已啦。」

咕噥的嗓音給了一個明白。不久後，一顆枕頭被丟到我的臉上，而且原本在床上的棉被，現在有部分垂了下來，彷彿特意要分

享給我一樣。

「房裡只有一條棉被，就……分著睡吧。」

我不知道自己為什麼笑了，不知道為什麼快樂會撐滿了我的心。我很少喜歡別人、也很少與人來往，但對這個人，我真的不知道該怎麼解釋。

Chayin，我喜歡你，因為你是Chayin。

早上的時候，Chayin的燒退了，他的病好了許多，好到可以跟我吵個沒完。我早上弄了食物跟藥給他。中午的時候，我就被他趕回家了，因為那小孩滿屋子大吵說他想要自己一個人。當我隔天再去找他時，他已經可以咒罵我了。

生病的狀況已經不復存在，我也因此放心了許多，然後就讓他有些自己的時間可以工作。剛好我跟Top同時都在外面，所以就趁著這個機會一起吃了午餐，當作解悶。

沒想到兩個小時之後，我姊就打了電話過來，並講了短短一句：「你喜歡的人又跟Ryu醫生一起來了。」既然消息線報都這麼靈通了，不如就飛車前往咖啡廳，後方不遠處還有Top跟著。

我一到店裡，就看見說要自己在家工作的那個人，正坐在這裡，而且還是跟我的死對頭一起來。

「嘿，Yuk！」Ryu挑著眉跟我打招呼，我點點頭當作回應，然後走進櫃台。

「弟媳又跟醫生一起來了。」我姊低聲說，她肯定知道我在想什麼，因為那也沒有很難看出來。

「嗯。」

「不吃醋嗎？」

「我有什麼權利吃他的醋，我去跟Top坐一下，等下再來幫忙招待客人。」

「不用不用，你要做什麼就去做吧！」這是第一次被叫來，卻沒有被使喚。

我走回去跟Top坐在一起，位置的距離剛剛好可以看到那一對。Chayin的位置背對我，滿好的，這樣他就不會因此而煩躁。偶爾我也忍不住會想，把喜歡說出口是對的嗎？

好吧，反正時間是不可能倒轉的了。

「不是說他病才剛好，怎麼有辦法跟Ryu在一起呀？好困惑喔！」Top開始刺激我。

「我也不懂。」坦白說，過去以為他也對我有心，但好像不是！Chayin說不定是為了維持人際關係，才對每個人都這麼好，是我自己想太多了。

「其實你的長相，要找個比這一個更好的也可以，不用像先前那樣，又是追求、又是討好人家。」

「但那個更好的人不是Chayin。」

「如果有天他選擇了別人，你能接受嗎？」對面的人認真地問。

「先讓我嘗試看看吧。」

「……」

「他不喜歡我的話，我會自己承受痛苦。」

「什麼狗血男配角。人家醫生有白袍，念工程的有齒輪，你一

個作家有什麼能跟人家拚？」

「對啊，我有錢呀！」

「好啦好啦。」

砸錢砸到散盡最後一分一毫。

Top轉過去看著後面，監視著那兩個人的舉動好一會兒後，才轉回來繼續跟我說話。

「Yuk你少沒膽了，其實你每件事都能跟Ryu一拚的，不管是長相……」

「最最最帥了！」我立刻支持他的說法。

「打扮。」

「Chayin說我穿得像殺手。」

「學歷。」

「藝術家能跟醫生一拚，對吧？」

「金錢。」

「我開Honda City。」

「喔吼，這樣就很好了！」

「但他開奧迪。」

「完了！」

砸錢的這條路，斷了。

咒罵出最後一個字時，Top立刻沉默了，反過來開始認為我不可能拚得過Ryu。不管Chayin選了誰都應該開心，對吧？

我的手指敲著桌子去釋放自己內心的擔憂，目光也看著某個人纖細的後背，但那越是讓我陷入胡思亂想，最後還是站了起來、走

出店裡。

「姊，我先回去了。」Yam 來不及反對，只能點點頭，而 Top 則靦腆笑笑、抬手拜了一下之後，跟著走出來，今晚我們大概又要喝掉好幾瓶酒了。

「不打算等一下，然後跟他聊聊嗎？」

「他是跟別人來，又不是來找我的，趕緊上車吧！今晚一起不醉不歸。」

我連轉頭看 Chayin 一眼也沒有，就從店裡離開了。這樣想想，我也跟狗血劇裡的男主角一樣，知道自己沒有權利，就鬧彆扭走掉了，不然還能怎樣。

我們讓那個人有自己的時間工作，不去攪局搗蛋讓他覺得煩，但在跟我們見完面不久後，他最終卻跟別人出去。這種人生場景真的很荒謬，但這樣也好，不然我也不會懂。

「今晚要去哪間店喝？」坐在副駕的人問。

「我們常去的那家？」

「我來處理！但現在先送我去拿車。」

鈴～

開不到半路，我的手機就響了。Top 拿起手機要給我，然後臉上掛著狡猾的笑對我說：

「是 Chayin。」

「拿來給我接。」我伸手去接，但對方卻把手收了回去。

「你矜持點，我來跟他說，啊咳咳……哈囉，Chayin 呦，Yuk 現在在開車，不方便講話，打來有什麼事呢？」我瞄了旁邊的人一

眼，心已經無法注意路況了，因為現在更關切的是電話的另一頭。

「是喔？是重要的事嗎？……嗯，不重要喔？那我等下叫他回撥給你好了。」混蛋 Top 一邊說一邊笑，我忍不住開口叫他打開擴音。

『那……那個你要去哪？』我熟記這個聲音，又好聽又令人印象深刻。

「喔～我要跟 Yuk 去喝酒啊。」

『會很晚回家嗎？』

「你很好笑耶，這種事誰知道。看是什麼時候醉，就什麼時候回家囉。」

『想聊聊。』

「你說什麼？我沒聽見。」

『我想跟 Yuk 聊聊，讓我跟 Yuk 講話，可以嗎？』

喔吼，最後這句話！我立刻就打燈、把車靠到路邊嘿！

Top 很識相地關了擴音，然後把手機遞給我，讓我能好好跟電話的另一端聊聊。我吸了一口氣，然後出聲：

「有什麼事情嗎？」我得說，我是非常努力才能讓自己聲音不顫抖。

『是因為 Ryu 打給我，所以我才來找他的。』我感覺他的嗓音充滿了哀求，十分惹人憐愛，聽了會想把他弄哭。

「所以？那跟我一點關係也沒有吧。」

『我現在要回家了。』

「Ryu 送你回家喔？」

『沒有沒有，我自己回去。』

「OK，那你回家小心，就這樣？」

『先等一下，就後天 A Little Bliss 有一場給粉絲的室內演唱會，我會去跟他們一起演唱，想說……也許你會想來……』我的心撲通撲通地跳，不知不覺露出了微笑。

「讓我考慮一下，我還沒有票。」

『我有，你什麼都不用帶，票也不用買。』

「……」

『只要你來就好。』

怦！

說好了要鬧一下彆扭，但現在我不鬧彆扭了啦！好愛他喔，還在等什麼？現在！馬上答應他！

「那我後天去也行，到時候見。」

『嗯。』

掛斷電話之後，我跟 Top 差點要在車裡放煙火慶祝。媽，你的媳婦真的爆幹可愛。我開心到整台車都在晃，外面的人都要懷疑我們在玩什麼高難度姿勢了，外加這時候，Top 還將整個狀況分析了一遍。

「他一定對你有意思，要看 Honda City 打敗奧迪，就是現在ㄌ啦！」

「Chayin 這才約我去參加活動而已，我腦子已經想到結婚的事了，婚宴的回禮要用什麼好呢？但你一定是伴郎，別擔心！」

「靠北，Yuk 你冷靜點。」

「你說喜帖要去哪一家印好呀？」

「Yuk！蠢水牛你醒醒！在喜帖完成之前，我說你一定要先訂票好嗎？快點去！」

在一陣喇叭聲之中，我卻感覺這是本日最悅耳的聲音了。

A Little Bliss Party
給寂寞受害者的活動

A Little Bliss 是走另類搖滾路線的樂團，可說是非常貼合大部分的聽眾，歌曲耳熟能詳，而且專輯裡有八成的歌是悲傷或者失戀的歌曲，因此有些人就給了他們一個綽號，說他們是真正的寂寞受害者樂團。

Chayin 曾幫他們寫過好幾首歌，但這卻是他第一次以歌手及詞曲創作人的身分上台，酒吧中的所有觀眾都是樂團的歌迷及有買票的人。

我這桌還坐了一起來幫他加油的 Top 跟 Bird，而 Chayin 則跟樂團成員一起待在後台，我不覺得有必要去打擾，於是就坐在舞台前，等待音樂聲響起。

在等待的時間裡，我們各自坐著，一邊喝著啤酒，店內開始變得擁擠，隨著人陸陸續續地進來，到晚上十點，A Little Bliss 開始上台表演時，整間店已經擠滿了人。

「晚安，各位寂寞的受害者們。」

「耶耶耶耶耶～～～～」

團裡總共有四個成員，而且都是女生，因此有非常多的男歌

迷，從店內的男女比例就可以看得出來。

「這是今年第一場的閉門演唱會，謝謝每一位來的觀眾，今天保證會很有趣的！」

「耶～」

「準備好要既好玩又難過了嗎？」

「準備好了！」

「聽不見～」

「好了！」

「帶來這首……《你是不是就是愛》！」第一首歌響起，同時還有歌迷響徹整間店的歡呼聲，連 Top 的聲音也不小，他記得每一首曲子、每一句歌詞，完完全全是個迷弟耶你！

至於 Bird 這個躲去美國太久，而不太聽泰國歌的人，則是隨著歌曲的節奏抖著肩膀，偶爾找我聊一些其他的事情，而這些事大多離不開什麼隔壁桌女生的奶很大，不然就是泰國的水果啤酒真的世界第一之類的。

一個小時過去，樂團的現場演出讓聽眾尖叫到聲音沙啞，甚至有些人跳到滿身是汗。接著，主唱在一張木製高腳椅上坐了下來，然後喘著氣透過麥克風說：

「大家都曾有經歷過一段愛上某個人的時期吧？花了時間跟他相處、跟他有很多快樂的記憶，但有一天，他卻離開了。開始時，我們很快樂，不敢相信的是，當分別的時候，我們卻也如此的痛。」

「對～～～～～嗚嗚嗚嗚嗚！」

一具屍體出現了，我猜他可能剛被拋棄不久。

「今天是 A Little Bliss 特別的一天，我們又多了一位主唱。」

「哇～～～～～～」

「他就是《你曾有過的愛》的詞曲創作人。」

「Chayin～～～～～」每個人同時大叫著他的名字，然後在名字的主人走出來、站在舞台上時，全場響起了掌聲跟尖叫。

「天呀！！！皮膚好白喔，有對象了嗎？給不給追？」

「Chayin～～～好喜歡你喔！」

「有夠可愛，可以給我電話號碼嗎？」

「老婆！我在這裡～」

碰！

在聽見對 Chayin 示好的話從四面八方響起之後，我將杯子摔到桌上，一臉不爽，所有的聲音都安靜了下來，通通往我這桌看了過來，看到 Top 開始慌張並急著辯解：

「你真的是！又手滑了喔。那個，請再給我們一個杯子。」

「……」

「抱歉啊，各位，我朋友剛才去廁所洗了手，一定是手沒洗乾淨啦！」他用力地打了一下我的手，然後坐回原位，等到服務生拿了新的杯子上來，才又開始倒酒。

我什麼都不在意，除了面前的這個人。Chayin 今天穿著白襯衫，稍微解開釦子讓胸口若隱若現，可以看到裡頭白皙的肌膚反射著舞台上的燈光；淺色牛仔褲很適合他的身材，而亂亂的髮型則怎麼看都有點不習慣。

他手上拿著木吉他，坐在主唱旁邊的另一張高腳椅上面，有麥

克風豎在嘴巴的前方。

「會唱的人請一起唱喔，帶來這首……《你曾有過的愛》。」

不插電曲風的音樂開始彈奏，Chayin柔和的低音與主唱相互交錯著，非常地和諧，而每個人則隨著他們的嗓音一起跟著唱。整個氣氛隨著溫度、酒精、歌聲、燈光及面前的人而增溫。

好滿足喔……

「什麼啊，Ryu也有來喔？」Bird說出口，然後指向站在另一邊的桌子旁、手上抱了一束花、身材高躺的友人，他對Chayin微笑，而……

Chayin也回了他一個笑，完了，我又吃醋了！

現在才知道，原來我不是對方唯一邀請的人，別人也有得到相同的待遇。

「該怎麼辦啊，Yuk？」Top問我的看法。

「不要管他，我是來聽Chayin唱歌的，又不是來跟他比賽的。」

「嗯哼，記好你的話，Honda City要拚過奧迪喔！」

這混蛋真的很賤，我會輸就是現在啦！輸在你的嘴巴裡！

Chayin唱的第一首歌結束在大量的掌聲與鼓勵聲裡，第二首歌接著響起，是一首他幾年前寫過的歌，我記得那麼清楚是因為曾經找來聽，而且還聽到會唱、聽到放在心上。

我總是在想，我要喜歡一個想喜歡的人、一個就算無法解釋但讓我感覺很好的人，而Chayin就是第一個我有那樣感覺的人。我不在乎他是誰、什麼性別或者幾歲，我只看重他是Chayin，還有我喜歡他喜歡到昏頭轉向。

「好有魅力喔，我知道你為什麼會喜歡上他了。」Top又說，當他看見笑容在Chayin臉上綻放的時候。

「嗯，聲音也好聽。」

「真的是天才。」

第二首歌結束了，他低頭向觀眾敬了禮，所以大家站了起來、興奮地替他鼓掌，他有一個瞬間轉過來看我、對我微笑，然後我希望他會走過來。

「Chayin，這邊啦！一起來慶祝！」Bird又叫又跳地向他招手。

但Chayin卻做了完全相反的事情，他走往舞台的另一邊，抬腳一步一階地下了很短的階梯，然後站在Ryu的面前，接走了花束。

「喔～～～～耶！」

「啥鬼啊！有男友了為什麼不說！」

「我心碎欲絕。」

有些人大聲地埋怨著，但我心裡比那更痛，媽的，就像是有人拿刀子在我心上畫了幾刀一樣，好痛！但我只能笑著鼓掌，坐下繼續喝著面前的酒精飲料。

A Little Bliss仍繼續演奏著歌曲，但我已經無法關心了。

「Chayin好像要坐在Ryu跟他朋友那桌耶，你們要過去嗎？」Bird開口邀約，Top轉過來用眼神詢問我的看法，但我們彼此心裡清楚。

「我我！但Yuk你就坐在這裡顧桌子吧，可以嘸？」兩個人起身離去，只剩我一個人還坐著。

不知道時間過了多久，不過對等待來說卻很漫長，於是我傳了

訊息給Top，跟他說我要先走。

下一分鐘，走回來這桌的不是LINE的主人，我反而看見Chayin走了過來。

「你要回去囉？」聽聽他的聲音，媽的，到底要我怎麼對他生氣啦？

那個人站在我的面前，然後拉了靠近我的椅子坐下，眼睛有點迷濛，好像已經喝了好幾杯酒。

「醉了喔？是不是走錯桌了？」我確認著。

「嗯，醉了。」

「而且還夢遊。」

「對，我在夢遊。」

「那回你那桌去。那邊，你的桌子，看我手指的地方。」說完還指向在遙遠另一端Ryu的那桌，但面前的人卻沒有任何反應，只是坐著不動。

「我的桌子在這裡，這是我訂的。」

他用平靜地說著，盯著我看，似乎對我的話太過認真。

「你是訂了幾桌？」

「只幫你訂。」

ATM在哪！我要跑去領錢發給附近的小孩！

「那你沒有幫Ryu訂嗎？」

「Ryu自己買票進來的。」

「這首歌是今晚的最後一首歌了，大家一起跳起來！」歌手的聲音響徹了周遭，然後那些慢歌不見了，變成了節奏逗趣的歌。

「OK，那你繼續坐，我要回去了啦。」我幾乎要大喊才能讓面前的人聽見。

「你說什麼？」

「我要回去了。」

「其實，是Ryu邀我去坐那邊的；他拿花給我，所以我就接了；他找我喝酒，因為當他是朋友，所以我就喝了。你生氣囉？」

嗯？看看他的眼神，幹，也太可愛了吧！！！

不行了，如果這個人沒有成為我老婆，我真的會去封街抗議！

「我沒有生氣，那是你的權利。」

「今天我唱得好聽嗎？」看樣子是真的醉了，眉開眼笑的。

「好聽。」

「那喜歡嗎？」

「你說什麼？我沒聽見。」其實是想聽得更清楚。

「你喜歡這個活動嗎？」Chayin用大喊的方式問著。

「喜歡！我喜歡這個活動。」

「……」

「因為這個活動有你。」

我這句話跟音樂聲一起結束，周遭一片安靜後，換成了現場表演結束後的歡呼聲，應該只有我面前的這個人，兩隻耳朵都有聽到我說了什麼。

「Chayin……」

我叫他的名字，但看似那纖細的身軀沒有想繼續聊，他站起身來，用爆表的速度衝向後台。

再跑快一點就可以參與 Toon 哥 [12] 的路跑計畫了啦，幹……跑得比去年 Doitao 馬拉松比賽的冠軍還快！

　　我覺得自己真的沒有希望了，都說成這樣了，他還逃跑，也許我該檢討一下自己。

　　Top 跟 Bird 走了回來，問著 Chayin 在哪，但我還來不及回答，A Little Bliss 的團員之一 Nina 就走到了桌邊，於是 Bird 就順口問了：

　　「Nina，你有看到 Chayin 嗎？」

　　「看他滿臉通紅跑去那邊去了，不知是對誰害羞。」

　　「噢！居然這樣？是誰調戲他？」

　　「應該就在附近吧。現在人都捲成麻花了，你們去看看吧，症狀好像滿嚴重的喔。」

　　「欸～～～～～」

━━━━━━━━ Satawat 視角結束 ━━━━━━━━

---

12 泰國知名樂團 Bodyslam 的主唱，從 2016 年開始進行「一人一步（ก้าวคนละก้าว）」的慈善路跑計畫。

第九章 |

不性感，但比任何人都可口

　　我在一個超級不解的狀態下，被 Bird 架著脖子拉回位子上。我也不懂自己先前為什麼要跑到後台去，只知道那時的我超級不像自己，所以試圖逃離不尋常的情境，出去讓自己的情緒冷靜下來。

　　但不管怎樣，最後我還是得回來面對 Yuk。

　　「你老實說，為什麼要跑去後台？」雖然我一路祈禱，拜託不要有人來問，但該死的 Top 還是開了話題。

　　「我……我去幫忙收，呃……東西……」我邊說邊結巴到覺得自己超可憐。我得要抑制住逐漸席捲全身的慌張，所以拿起啤酒，一次就喝掉近半杯。

　　「收什麼東西？我有遇到 Nina，她說你躲在後台，不知道在害羞啥。」問的人瞪大眼睛看著我，不太相信的樣子，於是我馬上反駁：「害羞個屁，Nina 又不會讀空氣，我哪有害羞？沒有！」

　　「少裝了，說，是誰要追你？」

　　「沒有！你相信喔？你相信別人多過於我？」

　　「對，我相信她，但不相信你。靠……你眼睛開始飄了耶，要喝一點白開水嗎？」我抬手推拒，然後乾了手上的酒精飲料，表示自己還清醒。

　　但相信嗎？就算我再逞強，我仍舊不敢正眼看 Yuk。

也很奇怪的是：前一次他跟我告白，樓頂的氣氛是又獨特又浪漫，但我除了困惑不解之外，其他什麼感覺也沒有，也不知道自己對 Yuk 是什麼感覺，只確定要如何拒絕對方。

不像今天晚上，所有事情都不一樣了。

這裡不安靜，人群擁擠，氣氛也不怎麼浪漫，但不知為何……心卻特別地加速跳動。

或者是因為時間的關係呢？隨著時間一天又一天地推移，交談越來越多，關係也逐漸拉近，現在 Yuk 已經成為了我會在乎的朋友，而他……

對我的影響力也開始變大，大到令人心驚。

「嘿……再幫我加點冰塊，缺酒了～～～」越想越頭痛，還是繼續喝好了。

我要把空的杯子遞給 Top，但某人的大手卻搶先一步攔住我。這是我回到位子之後，第一次跟他對到眼，我先前一直試圖在躲著他。

「夠了。」低沉的嗓音提醒著，而我回了他一個傻笑。

「我沒有喝醉，你不用擔心啦～」

「不是擔心你，是擔心你浪費酒。」

王八蛋……

「不喝就不喝。」靠！真哀傷，我要打給媽媽告狀，請她拿藤條抽你。

「今晚你已經喝太多了，該回家了。」

「我朋友都還沒走，所以我也要待在這裡。」

「欸～我要回家了！」大怪胎馬上插話，讓我再次顏面掃地，碎到連醫生都不願意縫補，還有 Top 也點了點頭，表示附和，兩個人就這樣一搭一唱。你們兩個去在一起啦，討厭！

「那……Bird 要走的話，我也要回去啦。」

「等下我自己送你。Bird 家跟你不同方向，不要給朋友添麻煩。」

「對對，你跟 Yuk 一起回去比較好。」

哼……這次反應很快嘛，死大神！

討論清楚之後，就到了叫服務生結帳的好時機了，然後親愛的兩位好友就像猴子進了香蕉園一樣，一溜煙就跑走了，留下我跟殺手單獨相處，而且我的頭腦現在非常遲鈍，如果被拖去殺掉，大概也無力反抗。

「你還好嗎？」大個子輕輕地拍著我的臉。

「還好啊。」

他笑了，一邊伸出手把我的頭髮揉亂。我恨！為什麼大家總喜歡玩我的頭髮？

「可以站起來了，小孩。」大手緊緊抓著我的手臂，試圖想將我拉起來，但我選擇不動。

「剛才你叫我什麼呢？」

「小孩。」

「不准叫我小孩，懂嗎？」

「OK，親愛的。」

可惡！第一天是怎麼吵輸的，今天仍舊輸給同一招！該死的

Chayin真是一點進步也沒有。

　　最終還是得要順著對方的力量站了起來，不過在我跟著大個子走出店門之前，卻被某個人拉住了肩膀，讓我停了下來。

　　「Ryu，你還沒回去喔？」沒錯，站在我面前的人就是Ryu。原本以為他跟偶遇的醫生朋友聊完天後，就會自行回家了，沒想到他還在這裡。

　　「我回去了的話，你還會看到我嗎？對了，這個，你忘了花。」面前的人遞給我一束玫瑰花，一臉平靜。

　　「啊，抱歉，我忘記了！真的很對不起呐～」

　　「沒關係。是說你呢？跟Yuk一起回去嗎？」

　　「嗯。」我點點頭。

　　「要換我送你嗎？剛好順路。」

　　「我自己會送Chayin回去。」還沒來得及答話，作家先生的聲音就先插了進來，同一時間，Ryu也馬上反駁：

　　「跟我一起走應該比較好。」

　　「我不懂有什麼理由得要這麼做！」Yuk大聲了起來，似乎有點生氣。

　　「站在醫生的立場，這叫對別人用心，是我該做的。」

　　「但站在文學的立場，這叫多管閒事。」

　　你們！不要吵架啊～～～～

　　「所以Chayin你要跟誰一起回去？」

　　「呃……」死定了，為什麼命運要讓我的人生亂糟糟的呀？不只無法好好回家，卻得在這裡選邊站，另外有成千上萬的公寓可以

選，居然都住在同一條路上！

「Chayin，我們走吧。」Yuk拉了一下我的手臂，但血液裡的酒精卻讓我的腦袋渾沌，無法很快想出拒絕Ryu的話，我支支吾吾了許久，然後才感覺到握住我右臂的溫度消失了，且Yuk已經走遠了。

我的心好像掉落到了腳踝邊。

腦海中所有模糊的事物突然一下子清晰了起來。

「Ryu，我得跟Yuk回去了，抱歉。下次見！」我在電光石火之間把話說完，幾乎不給對方回答的機會，雙腳就直奔前方的大個子而去。

先一步離去的背影逐漸變得清晰，Yuk按下車的遙控器，並彎身坐進車裡，我驚慌地加快了腳步、打開另一邊的車門，厚著臉皮坐進副駕。

我酒都醒了。

「不跟他一起走嗎？」大個子懷疑地問。

「說了會跟你一起走，只……只是還在想怎麼拒絕，你就先走掉了。」

我不知道為什麼要解釋給對方聽，不知道為什麼害怕自己被誤會，好幾次我試圖想拉開自己跟Yuk的距離，但最後卻是我自己再次朝他奔去，既矛盾又無比頭痛。

「你就一副想跟他走的樣子。沒有要說你什麼，想去就去吧。」

情緒很多欸！Satawat你是小說的女主角嗎？

「我不去，我已經坐在你車上了。」

「不然幫你打給Ryu，叫他來接你也行。那可是奧迪喔！」

「幹嘛講話刺我啦！有話就直說。」

「我吃醋，我不想你跟Ryu一起走，不想你選他，也不想你跟我在一起的時候猶豫。這樣可以嗎？」

「可……可以。」

不需要那麼直話直說吧……

在沉默的氣氛中，車被開出了停車場，我不知道該怎麼辦才好，只能沉默地抱著大腿上的花束。不久之後，大個子打開了廣播，隨著歌曲的聲音，我的煩躁也慢慢地降了下來。

我沒有很認真在聽歌，因為我們之間正展開一場「誰先說話就輸了」的心理戰，從一分鐘變成十分鐘，到現在已經快抵達公寓了，Yuk還是保持沉默。

於是，擔憂的人就變成了我，明明不該如此的。煩！我又輸了一次！

「停前面就好。」先開口也行。靠！

對方也馬上回了話：「嗯。」

就這樣？

「其實你開進去一點也好，我頭暈、感覺怪怪的。」輸了又輸，輸到得求饒，可惡！

「OK，過警衛亭之後放你下車，你能自己走上去嗎？」

「可以。」我答得很輕，偷瞄了一下旁邊人的臉，然後對方立刻識破，轉過來看到我再次不知所措。

「Chayin，對不起。」

嗷！局勢逆轉。

「對不起什麼？」

「我沒有權利去對你吃醋，去要求你選擇我。」

「那個⋯⋯」我在腦海裡想著要說什麼，思量了許久還是只能支支吾吾，一直到車子在入口處停好。

「到了。」

「嗯。」雙腳下了車，手上還抱著玫瑰花束，但仍不忘說出每次都一樣的句子：「謝謝你。」

「不客氣。」

我關上車門。在大個子準備要開走的瞬間，腦中突然決定了一些事情，趕緊拍打車窗，叫對方搖下車窗。

或許⋯⋯或許我說出口的話，可能就不會這麼煩躁了。

「Yuk！」在車窗被放下一半，而我們兩人相互凝視時，我叫了他的名字。

「什麼事？」

「你吃醋的話，我也不會罵你。其實，那是你該有的權利了。」

我輕聲說著，一邊等待對方的回答，但那張嘴終究沒有吐出任何回答，除了⋯⋯

怦！

一個笑容，一個我認識他以來最帥的笑容。

我一次又一次地敗給他。

有些人真的很厲害，因為他們不需要有太多籌碼就贏了一切。

兩天後，在再次面臨飢餓的狀態之前，我得到了一個賺錢的

好時機，Top跟我約了一個書籍專欄的訪談。於是，我起了一個大早，按部就班地梳洗換裝後，非常愉悅地出門。

跟以往有些不同的是，我今天選了一頂棒球帽，拿出來拍掉上面的灰塵，它剛好可以幫忙遮住這幾天額頭上長出來的痘痘。

我每次壓力一大就這樣，而且越是沒錢的時候，狀況就會變得更嚴重。

我們約十一點整，在一家餐廳裡，準備像朋友聚餐般一邊吃一邊訪問。這次的訪問沒有特定形式，也不像第一次有事先準備內容，而且不用猜一起受訪的人是誰，因為這時……

「Chayin，這邊啦！」Top揮手著一直呼喚我，同時有另個人已經坐在那邊等了。

某個讓我心跳得像戰鼓一樣快的人，及我必須對戰的世界上最白目大將軍：

該死的Satawat！

即使我已經做好萬全準備，但仍感到微妙的緊張，我走向他們兩個人，先笑了一下後才坐到了大個子的旁邊，他仍舊從頭到腳一身黑。

「是什麼促使你戴帽子啊？跟Yuk同一款耶！」專欄作家好友的話才一說完，旁邊那位就拿起放在一旁的A Bathing Ape黑色棒球帽，作為開場。

「靈魂伴侶。」媽的，聽起來很合裡！

「湊巧啦！要不是長了青春痘，我才不會拿帽子來戴咧！」

「都這把年紀了，還說自己青春？」

「喔吼～～你跟我一樣大吧？居然敢說這種話！」

「好好好，小孩。」

「誰是小孩啦！」

「你們鬥嘴鬥得很開心嘛，要不我先回家？等你們準備好了再打給我。」Top打斷了話題，然後把菜單拿給我，阻止這場鬧劇。

於是，我就點了一些肥胖的食物來吃，然後開始像朋友聚餐一樣，邊吃邊嘮叨。因為今天這場訪談走悠閒的路線，而且還有滿桌的食物，所以我藉機拿出手機拍照、上傳社群，讓窮人如我也可以創造一下聲勢。

喀擦！

「拍得很糊耶，你是拿番茄拍的嗎？」這句話是從Yuk那張狗嘴裡吐出來的，氣得我想把手機丟進他的嘴巴裡。

你要不要先看看我錢包裡還有多少錢啦！笨蛋！！

「囉嗦！」

我做出不滿的樣子，趕緊將螢幕破掉的手機收回褲子的口袋了，接著Top就準備進入訪談的正題：

「等一下，死Top！你不拿筆記本出來紀錄嗎？」我懷疑地開口問著。

「錄音就夠了，我晚點回去再整理。」他一臉平靜地回答著。

「你真的是很『勤勞』的記者耶！」

「謝囉！」

「這是諷刺！」

「不管啦。」

「我需要在訪問前先說喜歡這牌子的氣泡水嗎？說不定他們會好心贊助你。」

「我親愛的朋友，你可以停止胡扯五分鐘嗎？我們沒有贊助商。這次的訪談是雙人訪問，同一個問題，各自隨自己的角度回答，有理解吼？」我這位中學同學將手從桌面上移動到了 iPad 的螢幕上，上面列了好長的問題，然後他說了第一個句子：

「先介紹一下自己。」

「我叫 Yuk，是個作家。」旁邊的人先開了口，於是我接著他的話回答：「而我叫 Chayin。」

「是 Yuk 的另一半。」

「掌嘴！」我猜這個 Top 呢，得要成為第一具屍體了，一切都怪他那張輕率妄言的嘴。

「開個玩笑啦，不要認真嘛～好，現在我要認真了：最近生活如何呢？在你們這對 CP 擁有很高的網路聲勢後，工作有沒有變多呢？」

問題一問完，我就頂了大個子的手肘，示意讓他先回答。

「沒有，工作沒有變多，不過可以讀的小說變多了。」

「喜歡看哪種類型的？」

又問這種踐踏我的心的問題！於是我又頂了 Yuk 第二次，暗示他好好回答。

「應該 Mpreg 吧，他們好像是這樣叫的。」

「可以多解釋一點嗎？」

「就男生可以懷孕這樣。看過有一篇，Chayin 在裡頭非常騷，

動不動就要勾人上床，整天都在製造小孩。」

「夠了，停！」我趕緊舉起手來遮住Yuk的嘴，但他超快就把臉閃開，然後一把抓住我的手腕。

「那篇叫《愛不煩，幹就是了》，可以去讀看看，很有趣。」

「Yuk！我真的要生氣了喔！」

「好啦，那篇更完了，我不看了。」一邊說，還一邊笑，讓我非常想把他的眼睛挖出來！

我快被這些寫我懷孕的小說煩死了！每一篇我都是被抱的那個，為什麼沒有人認為Chayin可以攻得下Yuk呀？現在的人真的無法溝通耶！

「不要再一臉不爽了吶～」不只說，該死的Satawat還用叉子叉著番茄放進我的盤子裡。怕你們不知道，我不吃番茄啦！

「拿遠一點，我不吃！」說完，我還把番茄叉起來，再次放回他那該死的盤子裡。

「說到小說，我也去瀏覽過，篇數真的像傳言中的一樣多耶！對了，最近不小心點進去看的那篇，Chayin你是高麗菜精耶！」Top一臉平靜地說，但聽者如我卻心頭一驚，幾乎要嚇死。

「啥？」

「你一出生就是高麗菜精啊，然後Yuk是農夫，哈哈哈哈哈。」

「你說清楚一點。」

「就是高麗菜精的愛情傳奇呀，跟 #YukYinCouple 有關的小說。嗽！沒有看過喔？怎麼可能！你是哪來的土包子啊？」

靠！到底是誰，居然敢寫這種小說？是《金魚傳奇》[13]看太多嗎？是茄子攤給你的靈感嗎？

　　唉，我的人生啊，可豐富了，又是懷孕的人，又是性奴，而最新出爐的是高麗菜精！幹！

　　「Chayin，你不用焦慮啦，看過的人只有一百二十萬而已。」

　　「嗚嗚！」

　　「不用哭，先回答我的問題！你呢？生活有什麼改變嗎？」而現在，Top又再次將我們帶回就事論事的認真模式。

　　「變了，變了許多，包括工作跟社群軟體上的趨勢都是。」尤其是Yuk，這個我生命中重要的變因，而且他現在還害我的眼淚又流了出來。

　　無法接受！為什麼沒有小說把我寫得好一點、有魅力一點？

　　「那你對別人在見過你本人之後，說你可愛這件事，有什麼感覺嗎？」Top接著問。

　　「你是去哪裡看到那些留言的？人家只有稱讚我長得好看而已，是長得好看，不是可愛！」一邊回答還一邊將飯塞進嘴巴裡，而Top此時也不停拋出問題。

　　「OK，換個話題。在自己寫的歌裡，你最喜歡哪句歌詞？為什麼喜歡？」

　　「大概是……『很高興認識你』吧。」

---

13 ปลาบู่ทอง，是一則泰國的民間傳奇，故事講述一名喪母的善良女孩Euay，如何經歷繼母及異母姊妹的陷害，最終與王子共結連理的故事。其中Euay的母親在過世之後，曾依序化身為金魚、茄子攤及菩提樹回到女兒的身邊幫助她。

「這也太平凡了吧，還以為會是什麼很睿智的句子咧。」

「它很讚吼！這句話就像是一個起點，讓我們能去認識某個先前不認識的人，不管最後我們跟那個人的關係是好還是壞。」

「……」

「因為如果是好的關係，那就好好維持；不好的話，就當作教訓而已。」

「唉呦，有智慧耶！」Top笑著說，然後移動視線到另一個人身上：「Yuk你呢？喜歡自己書裡的哪一句話？」

「必須忠於自己的感受。」

「真的？」我帶著笑話他的意圖插了話進來，但卻只得回一個來自答題人的冷靜眼神。

「那你覺得是真的嗎？」

「我不知道，我又不是你。」

「你知道，而我也知道，你對我沒有其他的想法。」

「才不是！」

死定了，說溜嘴了。

「我死了！！你們兩個滾遠一點去調情啦！戀愛的臭酸味！」

「靠北，Top你誤會了！還有你也是！我說的『才不是』是指我又不是你，跟我的感覺一點關係也沒有！」

「說得落落長，我懶得聽！」然後可惡的Yuk就低頭繼續認真地吃飯，完全不管我有多憤怒，機車！！！

我要哭了喔！

為什麼有種單方面被霸凌的感覺？

「怎麼了？嘴巴歪到都變形了。」還有臉轉過來問我！

「少來煩我。」

「所以是我的錯囉？」

「就是你白目！」

「不好嗎？這樣至少你的生活精彩很多呀。」

「精彩個鬼啦！」

吵了好一會兒後，我似乎從 Yuk 那裡得到了後續整場雙人訪談中每個問題的優先發言權，而這也代表我得面對搞事專欄作家的揶揄眼神，長達好幾十分鐘，久到連盤子裡的食物都要吃完了。

接著好友 Top 轉向沉默地喝著水的大個子，並朝他發出新的問題：「聽說你的生日過了，今年有比以往特別嗎？」

「應該有比較特別吧！一般我生日會收到出版社給作家的福利禮物，但今年更好一點，可以跟我想共處的人一起過。」

「不錯嘛，那個人是怎樣的人呢？」

「是個拒絕我之後，還出現在這裡的人。」

靠！

每個目光都轉過來關注我，我不知道該接什麼話，只能吞下一大口口水，試圖回想過去的生活……

還是說，是樓頂那晚？我記得 Yuk 有說，那天是他生日，但我最後沒有真的相信他的話，到了今天才知道對方並沒有說謊。

「生……補祝你生日快樂！」我給了他一個尷尬的微笑。

「小孩你很好玩耶，謝啦。」

「你先跟我說的話，我就……」

「就怎樣？」

「就買禮物送你。」

「你有錢喔？」

「我沒那麼窮好嗎？」

「我有收到禮物了。」

「什麼時候？」

「就是能跟你在一起啊。」

「但我沒有接受你的告白呀。」

「沒關係，不久你就會愛我了。」

「嗯～～～我先去吐一下，我要受不了了，愛情狠狠地直戳我的喉嚨啊，嗯！！！」不光說，Top還真的如他自己所說那樣地衝往廁所。

丟下我獨自一人面對殺手，在這陌生、令人失魂的氛圍裡。

但說話的人卻看似一點感覺也沒有，相對地，我卻因為不知道該把手放在哪裡，只能來回摸著後頸。

你成功了，Satawat！我終究在他的厚臉皮之下，徹底輸得一乾二淨。

「回程我送你。」各自沉默了好一下子，直到低沉的嗓音出現在我的耳朵裡。

「不用了，我自己來就能自己回去。」

「那就隨你吧。」

不久之後，Top回來了，我們又聊了一會兒，直到所有事情都結束，然後準備各自回家，但我的手機突然響了起來。

鈴～

我一拿起來就看見Ryu的名字出現在螢幕上。我知道Ryu只是朋友，縱使我們在MSN上聊得很熱絡，但我們的關係也只能這樣，不過Yuk不懂，所以越是像這樣要接電話，我就越是對他有莫名的尷尬。

但也就是想想而已，我最後還是接了電話。

「喂？」

『Chayin你人在哪裡？明天有空嗎？』沒等我問，對方直接進入了話題。

「有什麼事嗎？」

『我跟朋友有約，然後想約你一起去。』

「約哪裡啊？」

『我公寓附近的酒吧，所以你要來嗎？』

「唔……讓我考慮一下，看怎樣晚點再給你答案。」

『可以啊，但我希望你能來吶～我打給Bird了，他說他也會來。』

「OK，如果我要去的話，會再打電話跟你說。」

一掛完電話，我就抬頭跟旁邊的人對了眼，但Yuk似乎沒有詢問或想關心的意思，只是拿起自己的手機，沉默地滑著。

事實上，我們現在要各自回家也可以，但我心裡的忐忑著實令人煩躁。

「呃……Ryu打給我。」我只是喃喃自語，沒有要說給誰。

我這樣想著，但也真的沒人開口詢問，Top認真在確認自己錢

包裡的現金，而我希望他開口說話的殺手先生呢，則繼續保持他的沉默。

為什麼要讓我自己往下說啦！

「Ryu約我明晚跟他朋友一起出去玩，你要去嗎？」發現自己聲音的最後放軟了許多。

「他又沒有約我。」

「說不定他等下就約了。」

「你去吧，我不想去讓活動變得尷尬。」

「都是朋友嘛，一起去喝酒，我⋯⋯可能會有點醉。」

「你也知道你自己會醉喔？」

「我容易醉嘛。」

「Ryu會照顧你的，不用擔心。」

「也是，反正他真的能照顧我沒錯。那我就先走了。Top，再見囉！」揮了幾下手，我就轉身走出店裡，完全不想看到那該死Satawat的臉！

我討厭死自己的矛盾了，想要擺高姿態，但或許也無法不在意對方。我不想讓Yuk覺得不舒服，但同時，我也不想跟他解釋一堆，反正我們只是朋友⋯⋯

是我自己選擇這種關係的⋯⋯

昨天發生的事情讓我睡不著，在床上翻來覆去了許久，努力地想著腦海中的一切。

終於得出了一個答案是：我不要跟Ryu去跑趴了，而是利用白天的時間去逛逛，挑選Yuk的生日禮物。

　　已經兩個多小時了，我還在原地繞來繞去，媽的！真的想不出來要買什麼送他。

　　我在服飾店閒逛了好幾圈，在文具店也繞了半個小時，然後又逛了十五分鐘的鞋店，雖然我連對方鞋碼都不知道，等到我把耐心用罄，才決定打給親愛的朋友──鳥神！

　　沒有等太久，我共患難的朋友很快就接了電話。

　　『幹嘛～～～～～』混蛋，完全是還沒醒的聲音，我低頭看了看手錶後，用力地嘆了一口氣。比我誇張的也只有Bird了啦，好不容易醒來都要下午兩點了。

　　「Bird，如果要幫某個人買生日禮物的話，你說我該買什麼好？」

　　『送誰的啊？』

　　喔吼！你的聲音立刻討人厭了起來。

　　你想我會直接跟你說嗎？

　　「呃……一個朋友。」

　　『哪個朋友？』

　　「你是洗衣機喔？弄那麼清楚幹嘛？快點回答我。」

　　『化妝品如何？』

　　「是個男性朋友。」

　　『簽字筆呢？像你上次送Ryu的那種。』

　　「不好，要比這個更有意義一點的。」不想隨便買買，等下人家

覺得我沒有用心。但等一下！我需要這麼在意喔？

『字典好了，超有意義的。』

「喂！別鬧了！」

『所以你是要送給誰？』

「你不用知道啦！」

『買給 Yuk 喔？』

「什麼鬼啦！」

『買書如何？』Bird 仍繼續建議著。

「他大概整間店的書都看完了吧。」

『所以是個作家囉？』

「嗯。嘿！才不是！」

『要送他就直說啊，幹嘛躲躲藏藏，大家都是朋友嘛。』

「我不跟你聊了，反正你也幫不上什麼忙，再見！」我的手按了掛斷，手機裡最後傳來的聲音是八卦精發神經的大笑。

我對這隻怪鳥的期望真是太高了，早知如此，我一開始就不會打給他、跟他商量，浪費我的時間。

煩惱了好一會兒後，我晃向了另一間小小的書店，看了看筆記本、寫字用品跟強力膠，挑到頭昏眼花還是想不出要買什麼才好，直到……

帽子！

這個東西突然跳進了我的腦海中，除了那身像殺手的衣服之

外，就是棒球帽了，就像是他身上的第三十三個器官[14]一樣。

心裡一知道要買什麼，為了能馬上走到各家店裡去挑選適合Yuk的帽子，我刻不容緩，然後我停在Balenciaga的店門口……

一頂黑色的帽子正巧吸引住了我的目光，它很好看且絕對非常適合Yuk，一開始決定走過來的想法真是對極了。

帽子在哪？讓我拿來看一下。

「價格是10700……」

這這這……是我一個月的伙食費啊！

但我是誰？我可是Chayin呢，怎麼會只是看看呢？走了，離開這家店吧。這種價格，我真的負擔不起啊各位！

抹了幾把額頭上的汗之後，我還是不放棄尋找Yuk的生日禮物。雖然有好幾個品牌的帽子也很好看，但我肯定那傢伙一定都有了，因此我必須要抓出他還沒有的牌子跟樣式出來。

而這一切的尋覓，結束在一頂Moncler的黑色棒球帽上，價格剛好是餓個幾餐就可以負擔的，所以我就付了錢，然後筋疲力盡地走出店門。

現在唯一能讓我補充精力的地方就是書店了，因為我要找Yuk的書來罵他，詛咒到滿意了再回家！媽的，害我沒事花了一堆錢！

嗷！咦？？？？

在看見大個子站在店裡時，我內心大聲咒罵，當下我馬上跑到

---

14 在泰國傳統醫學裡認為人的身體由地水火風四種元素組成，其中地與水元素構成身體可見的器官跟血液等部分，總計有32個部分，故泰國人會笑稱常攜帶在身上的東西為第33個器官，例如：手機。

書架旁躲起來，但兩隻眼睛仍偷偷盯著他的動靜到差點失去焦距。

　　Yuk穿著一件黑色的帽T、黑色的長褲，以及同色系的Nike鞋子，包括帽子跟口罩也是同個顏色，一走進就散發著殺手的氣息，讓我即使只看到一雙眼睛，仍然知道面前是何許人也。

　　全國上下也沒幾個人像他這樣了啦！

　　「如果有需要找哪一本書的話，可以跟我說喔！」在附近整理東西的店員說著，至於Yuk則站在推理類書架的前方，抬頭思考了一下，一邊在許多人的目光下，用手掏找著包包。

　　要問誰比Bird還會探聽小道消息，那個人就是我了！嘿嘿～

　　他的大手抽出一本書，打開看了一下之後又放回原位，重複這個動作近十五分鐘後才跨步走向另一類的書籍。

　　我覺得，當Yuk專注在一件事時，他超好看的，就算那傢伙穿得遮頭蓋臉，活像是深夜採膠人也一樣。

　　「先生，請問您在找什麼書嗎？」

　　幹！

　　我嚇了一大跳，充滿服務熱誠的店員突然無聲無息地出現在我面前，讓我有好一會兒不知道該怎麼反應。

　　「沒事。」

　　「如果找不到的話，可以詢問喔。」

　　「好的好的！」現在我擔心，找到我的人要變成是Yuk了啦！

　　但回頭一看，大個子正專心在看書，我就安心了一點，他似乎不太關注身邊的環境，因此我應該不會像我擔心的那樣被抓到。

　　「歡迎光臨。」新的客人一個接著一個地進來，而店員則認真

勤奮地盡著自己的責任。不過，這回卻不太一樣，有個女生走了進來，然後步伐堅定地往我的目標直直走去。

首先跳出來的問題是：她是誰？

她有一頭淺棕色的短髮，穿著藍色的格紋襯衫，以及非常襯她身型的牛仔短褲，整體來說，是一個非常好看、走街頭風格的人。

看到這種狀況，Chayin 我加倍地好奇了！我努力豎起耳朵在聽他們兩個人聊些什麼，但卻什麼也沒聽見，因為距離太遠了。

看兩人狀似親密的舉止，讓我的心忐忑，但這分明就不關我的事。我想更靠近一點，但卻懦弱地不敢去做，只在遠處看著他們兩個人。

我在想像中陷了好一陣子後，才驚覺 Yuk 跟那個女生不見了。我試著左顧右盼卻沒有看到人，所以決定先離開書架走道，但沒想到，我一開始在找的人卻擋著眼前的路。

「ㄏ……嗨～你怎麼會來？」用力裝，不可以丟了面子。

你怎麼還沒走啦～～～我差點來不及把帽子的袋子藏到背後。

「這裡我常來，那你呢？來買什麼？」對方現在把口罩脫掉了，所以我能清楚地看見他整張臉。

「我來買書，別看我這樣，我其實是喜歡看書的人呢。」

「是喔，看起來真的滿喜歡的，看你站在那邊很久，一動也不動。」

「欸？你有看到我喔？」

「從你一走進店裡就看見了。」

「那你幹嘛不講！」害我還努力想把自己藏在狹窄的走道裡！

混蛋！

「如果講了，我就不會知道你這麼在意我了。」

「哼！太自戀了吧！我才沒有在意你！」話才剛說完，我就聽到對方喉嚨裡的悶笑聲，然後他的大手放到我的頭頂上，輕輕地揉了揉。

「沒什麼。」

「啥？」

「我指Dream，只是前女友而已。」

所以我正在跟蹤你的情史嗎？真不該跟的！Yuk的前女友非常漂亮，看起來很有型，是滿多男生會喜歡的類型，就連我也是。

「那又怎樣，我並不想知道。」

「真的嗎？不是很會跟？」

「煩欸！」

「吃我的醋喔？」

「神經！」

「不想知道我們為什麼分手嗎？」

「因為你遜啊！」

「大概吧，她先劈腿的，我真的遜。」

嗷！這麼戲劇化喔？

我抬頭看著大個子，腦海中努力地找尋許多安慰的字眼，但我什麼都想不出來，只有每次朋友跟馬子吵架時，拿來用的平凡句子：「你已經做到最好了。」

「嗯。」

「但你心底還在跟她復合嗎？她看起來……也想回來找你。」遠遠關心了那麼久，也夠我觀察到許多事情了。

「很難讓所有人都喜歡我們，但更難的是，試圖讓自己變回原本的樣子，尤其我們都長大了。」

「……」

「我喜歡你了，沒辦法再喜歡別人。」

認真的？這樣脫口而出是真的嗎？

不知該怎麼反應才好，可惡！

「你臉紅了，小孩。克制一下。」

「哪有，我這種人才不會迷失在這種花言巧語之中！」

「好，很厲害～」他一臉沒打算停止鬧我的樣子，我只好趕緊換個新的話題。

「那你等下要去哪裡？」

「還不知道，只是稿子想不出來的時候，來看看出了什麼新書而已，有時候如果沒有看到想要的書，就當作是隨便散散步。」

「你們這些作家都這麼隨心所欲嗎？」

「對啊，性欲也很高喔，要試試看嗎？」

「幹！」

「你今天不是要跟 Ryu 他們去玩，在這裡說掰掰也可以喔。」

看吧，媽的，又繞回這件事了。

「我不去了，剛好有事。」

「喔，這樣的話，我們要說再見了嗎？我也不想打擾你。」大個子作勢要離去，但我速度更快，趕緊拉住了那傢伙的手腕。

「我現在……就我現在還不太忙。」話剛說完就想打自己嘴巴了。先說好，我這可不是在求你喔。

「要一起去吃飯嗎？」Yuk一問，我就懶得拒絕了啦。

「也好。」

「有特別想吃什麼嗎？」

「什麼都好，只要不用剝殼、不用啃。」

「OK，那吃韓式炸雞好了。」

這混蛋！你真的很……

「小孩你笑得很開心耶！」

我的臉看起來像開心嗎？這是想找碴的意思吧！

「哼！拿鬧我的時間去做別的事情啦！你不用先購物或者看些什麼嗎？」

「還少一樣，但想說吃完飯再買就好了。」

「是什麼？」

「電影票。」

「……」

「陪我去看電影吧！」

該死的Yuk又玩我！！！當我抬頭與他四眼相對，一看到他那認真的眼神，該死，我差一點尿在褲子上。

該怎麼辦！

該怎麼辦！！

該怎麼辦！！！

「其實，我今天沒什麼空檔，但……」

「……」

「剛好有時間可以看一場電影。」

說自己沒時間，但看完電影也超過半夜了，我不知道該幫自己找什麼藉口，只能選擇沉默到 Yuk 把我送回公寓，而他似乎也識破了，完全沒有多問為什麼沒空的人卻有這麼多時間。

坦白說，這真是太沒有節操了！我最近要離他遠一點，讓自己回復原先有節操的樣子。

隔天一早，我跟 Bird 約吃飯，我們才聊沒多久，感傷又再次來拜訪我，因為我知道他下週就要丟下我回美國了，讓我像過去一樣地再次面對空虛與寂寞。

「幹嘛那麼感傷啦？我又不是去死，只是回去找我老婆而已。」

「你不在的話，我會寂寞。」

「你寂寞個鬼啊，有這麼多男人環繞著你，一下子是 Yuk，一下子是 Ryu，可歡樂了呢！」

「他們又不像你。」

「別抱怨那麼多了，這是 MSN 模擬程式的問卷，幫忙填一下每一題。」

嘴巴一邊說，手一邊在手機上按著，將線上問卷傳給我。哇！你這混蛋還真是貨真價值的資工男呢，然後完全不關心我在太歲年過得多委屈，任何我嘴巴裡吐出來的話，他似乎都左耳進、右耳出。

「你的程式全部都很爛。」我給出我的看法。

「如果不是顧念你是我朋友，我叫人來揍你。要不是我的程式，你去哪裡消除寂寞？」

「是搞事吧！都不想說了。」

「喔～就湊巧有男生來告白嘛，而且還不確定人家是不是Ryu那個混蛋醫生。對了，認真問你，如果真的是Ryu，你要怎麼辦？要繼續嗎？」

這個問題讓我愣了一陣子，瞪著眼睛努力尋找各式各樣的理由，但最後也只能搖搖頭。

「就算真的是Ryu，我對他也不是那種喜歡。」

「真的？」

「在MSN上聊的時候，他是真的不錯，可以商量事情，在無聊的時候也可以解悶，但真實生活裡的他，我也不知道為什麼，就是覺得跟Ryu的關係只能是朋友而已。」

「那你問過他了嗎？也許他不想當朋友，我一看就知道他喜歡你。」

「……」這回我選擇沉默，但Bird仍繼續講個不停。

「Yuk也喜歡你，這一個是怎麼回事？」

「我拒絕過他了，而且我現在也不想見到他，因為昨天剛見過面。」

「噢！昨天見過，今天就不能再見喔？還有，生日禮物咧？給他了嗎？」

「還沒。」

「看吧！承認了吧，禮物是要買來送他的。你吼……幹嘛裝模

作樣！」

　　我瞇著眼看了這尊大神，要不是念在他是我的摯友，有時候真的想過去把他脖子踢斷。

　　「有些事是沒辦法控制的啦，尤其是感覺，不管喜歡你的是男生還是女生；是 Ryu、是 Yuk 還是其他人，還是怎樣，要不要回報對方的喜歡都是你的權利，不是嗎？」

　　「幹嘛講得那麼帥。」

　　「我就帥啊。」

　　「這位底迪，你家有鏡子嗎？」

　　「沒有喔，但有套子，今晚要一起去酒吧嗎？」

　　又來了，總是帶壞我。

　　「不要比較好，我要回去寫歌。」

　　「真的嗎？」

　　「真的啦！」

　　「希望你真的有寫吼！」

　　「一定會！」

　　我站在 Yuk 常來的那家二十四小時咖啡廳的門口，老實說我現在腦袋一片空白，要我寫出歌可能很難。

　　但我也不想去敲他家的門，然後說我買了生日禮物要給他。唯一的方法是假裝剛好來這家咖啡廳工作，即使我不知道他今晚會不會來。

就這麼辦！

排除所有擔憂之後，我就開始點飲料及找一個可以認真工作的位置，接著攤開寫歌的筆記本、打開筆電、插上耳機，確認一下手機裡的訊息，任由時間緩慢地流逝……

像蟲蟲蠕動著爬上大石頭那樣地緩慢。

好折磨……

凌晨三點。

你們知道的那個人一點蹤跡也沒有，但我還是繼續坐著，直到時間來到了清晨五點，耐心用完了，只好收拾東西、回家倒頭大睡，心情有點微妙的悶。

第二天晚上我又來了，但這次也跟第一次一樣，Yuk 沒有出現在這裡，而我差點想破腦袋的禮物仍在待在同個紙袋裡。

心裡開始覺得忐忑，想了好幾個方法。

好幾次我都想打電話找他，要不然就是去敲他的房門，將拿禮物給他，最誇張到祈禱他會像過去那樣，出現在我家門口，但最後卻任何事都沒有發生。

第三天晚上，我又來坐在咖啡廳裡。我長久以來累積的形象全沒了，這時候我穿著睡衣、一副把家當通通背來的樣子，然後按部就班地找位置、點飲料，接著趴到桌上睡覺。

怕你們不知道……

我是只換個地方睡覺而已。

「先生……先生……」再次有意識是被叫喚及搖動身體的時候了，這家店的店員怎麼那麼喜歡打擾客人啊？等下要去粉專上抱

怨，人家想要睡覺啊！

「嗯……」我帶著煩躁，支支吾吾作為回應，然後換了一邊臉趴下，完全不想睜開眼睛。

然後那個討厭的聲音就安靜了，讓我能夠好好睡到手機設的鬧鐘響起，一樣是清晨五點，而Yuk並沒有如期望中的來到這裡。

「該死的！」我嚇到咒罵出聲，在我看見這幾天一直想見的人正坐在我對面的時候。

黑色的Oversize T-shirt、黑色的褲子、黑色的鞋子，只差今晚沒有戴帽子而已，就是他！

「你看起來睡得滿好的，口水都流到耳朵那邊了。」我趕緊抬起手擦掉臉頰上濕濕的痕跡後，這才開口詢問，雖然我整顆心臟都在瘋狂跳動。

老師請下《再次十四歲》～

「你……你什麼時候來的？」

「久到可以看你流了一片口水囉。」那傢伙一臉平靜地回答著。

「那你幹嘛不叫我？」

「叫了，但你鬧脾氣。是換個地方睡覺嗎你？」

又猜到了。

「對，我來睡覺的，那你呢？來工作嗎？」

「嗯，但應該沒得到什麼成果，因為我得顧著很難叫醒的小孩。」說完，Yuk還拿起咖啡悠閒地喝著，同時間的我正在將亂七八糟的衣服及髮型重新整理好。

「現在清晨五點了，我該回去了。」

「等下我送你，怕你走在黑漆漆的夜裡會撞到別人，這樣就麻煩了。」

又在胡說！

我將東西一樣一樣地依序收進白色的布包裡，然後看到塞在裡頭的紙袋，差點都忘了是什麼時候買的了，因為好久之後，我跟Yuk才終於碰巧遇上。

「那個⋯⋯聽說你生日過了，所以有人託我將這個給你。」

「誰？」這次Yuk的聲音聽起來有點興趣。

「Bird。」

大神好友剛好可以當我的擋箭牌。

那隻溫暖的手伸過來接過我手上的紙袋，然後將裡頭的物品拿出來打量，左看右看之後，還試戴了一下。

帥死人了⋯⋯

不想稱讚他，但我覺得Yuk戴帽子的時候，非常地好看。

「剛好合我的頭。」他說，我就跟著點了點頭，不想發出任何跡象。「買帽子給我喔？」

「對。」

「在哪裡買的呀？」

「不知道。」

「是你跟Bird說，我的生日剛過嗎？」

「對。」

「其實不用這麼麻煩啦，我沒有想要什麼禮物。」

「但我覺得它滿適合你的，而且Bird也是真心要買來送你，你

就像他的朋友一樣。」

「那拜託你幫我跟Bird說聲謝謝。」

「好啊。」任務完成，之後不用再拖著身體來咖啡廳碰運氣了，我想了好幾個晚上，想睡在軟軟的床上。

「這頂帽子不錯吧？」Yuk仍說個不停。

「它戴起來舒服嗎？」

「很舒服，但有個缺點。」

「是什麼？」

「我有這頂帽子了。」

「欸？真的嗎？早知道就買另一頂。」

「……！」突然安靜了好一陣子，在我發現自己不小心將什麼不該說的話脫口而出之後。

「就我跟Bird一起去挑的，但是他付的錢。」

「一開始不是說不知道你朋友在哪裡買的嗎？」

「就……那個……」

「原本那頂太舊了，已經不戴了，有頂新的可以替代也滿好的。」

「……」

「謝謝你的生日禮物，Chayin。」

我又再次因那個叫Satawat的人的笑容、言談跟眼神而陣亡。媽的，一而再、再而三地殺死我，直到我無法再站起來。

吼～～～輸了！

從坐進車裡開始，我就像身處在迷霧之中一樣，一直到層層上升的電梯裡，Yuk 連一個字都沒說，只是帶著歡喜的微笑，而我則不知道該做什麼，只好低頭看著自己的腳尖。

　　「送完我，你就回家了嗎？」又是我打破這片沉默。

　　「對啊，Chayin 你頭抬起來一點。」

　　「要幹嘛？」我心存懷疑地咕噥著，但仍順從地依照對方的指令動作。

　　「不知道是什麼東西黏在你臉上。」那傢伙的大拇指抹著我的臉頰，不知道是黏了什麼鬼，讓他停不了手。

　　「有很多嗎？所以到底是黏到什麼？」

　　「沒東西。」

　　「啥？」

　　「只是想摸一下。」

　　吼！這混蛋！

　　「小孩怎麼那麼可愛！」

　　「不要叫我小孩，而且我才不是可愛！」

　　「Chayin，我……忍很久了。」

　　「你怎麼了？」

　　「對不起，但我……」

　　一眨眼間，大手就捧住我的臉，同時他的脣也壓了下來，讓我來不及反應。

　　整個身體一陣顫慄，像是被電流通過全身上下，壓在我嘴上的脣瓣並沒有非常用力，但也不像羽毛畫過那樣地輕柔。

他並沒有入侵到我的口腔裡，但就算沒有深入，仍然令我興奮到不知所措。

叮～

電梯開門的信號聲響起，驅散了周遭所有曖昧的氛圍，他溫熱的舌頭在我的脣上輕輕掃過後退開，我身體裡的血液不自覺地沸騰了起來，而更要命的是……我全身無力，連踏出電梯的力氣也沒有。

視線中的迷霧逐漸散去，所有的知覺像是一個深谷，拉著我快速下墜，因為那一刻電梯門打開了，而我的大腦幾乎完全預知到了結果。

電梯外的人一臉驚嚇，而他的表情清楚地被我們盡收眼底。

我好想哭啊，混蛋！

Yuk似乎有注意到我臉上那扭曲的表情，於是他拉著我的手腕走出電梯，嘴上還喃喃地抱怨給剩下的人聽。

「你呦～我只是把臉靠過去看一下你的眼屎，幹嘛突然把我拉去親。」

「欸？？？」

「就說先回家再說，你就不願意吧！」

「我恨你！我真的很恨你！」

環繞在後面那人的笑聲中，對我而言，這個狀況是最讓我想哭的一次了！這是……Chayin人生中最震驚的一次經驗了！

跟Satawat的初吻。

第十章 |

就算船沉了，哥也會游泳過去

-------- Satawat視角 --------

一打開門鎖，Chayin立刻埋頭走了進去，然後不爽地踢掉鞋子，那個像孩子耍脾氣的樣子，讓我忍不住笑意。

他的兩隻耳朵都快紅到脖子去了，不知道是因為害羞還是生氣，但我猜應該是後者居多。我知道是自己不對，但是要我怎樣？剛才對方太過可愛，忍得住的人都是得道高僧了好嗎？

他身體的味道、他的嗓音、嘴唇、眼睛，還有表現出來的動作，如果能把他打碎含在嘴哩，我從第一秒見到他的時候就這麼做了吧，靠！

「你不說一些什麼嗎？」十分冷硬的聲音從好看的嘴唇中吐了出來，我笑了笑，看著那纖細的身體坐到沙發上，並抱著胸，專心地等著我的回答。

「要說什麼？」

「就你親了我之後，把所有的錯都推到我身上啊！」

「你在電梯裡一副欠人欺負的樣子呀。」

Chayin撇著嘴，只有眼睛咕嚕嚕地轉著，像是在想各種要回嘴的詞彙。

「所以是我的錯嗎？」

「對。」

「平常誰會在電梯裡接吻啊？重點是我跟你又沒有在一起，而且我還會住在這間公寓很久，哪天在電梯裡遇到鄰居的話，我該如何是好？」

「就說忍不住，男友太想要，這樣不就好了？」

「你總是說我像個小孩，事實上呢，你也沒好到哪裡去！」

對啊，我一直以來都是大人的樣子，我總是那樣直到遇見你⋯⋯

「Chayin，我們和好吧～」

「滾回去，討人厭！」

齁～這次呼吸又更急促了，你會氣死嗎？

同情到不想再繼續欺負下去，於是我走過去找他，蹲到他的面前，然後下定決心、直接跟他說：

「對不起啦。」

Chayin 只是靜靜地看著我，沒有其他反應，而對另一方太滿的感覺讓我決定彎著頭靠近他，寵愛地吻了他的額頭。

「說對不起就好。」

「因為你沉默啊。」

「我沉默，你就要這樣做是嗎？」

「每次我家狗狗鬧脾氣，我就用這招，然後他就不會生氣了，屢試不爽。」

「喂！！！我又不是狗！」

「那你不氣我了吧？」

「還沒！」

「那只好再親你一次了～」

只能嘴上說說而已，我沒機會再靠近 Chayin 了，因為他先把腳掌頂出來了。一開始我以為他能消氣，結果卻比原先更憤怒了呀。真好玩，真是太好玩了。

「好好聊聊。」我一邊憋笑、一邊說著。

「不聊，滾回去，然後不用再來找我了。」

「要換你去我家找我嗎？可以喔！我鋪好床等你來。」

「才不是！你能有一秒鐘不要煩我嗎？」而我也就照著他的要求做了，周遭一切安靜下來，只有我們兩個一動也不動，試探地看著對方。

不是我厚著臉皮想讓他覺得厭煩，但我心裡也不想拉開距離，也許是因為我待在這裡比較快樂。我的世界裡豎滿了高牆，挑選著要讓誰爬進來參與我的生活，但 Chayin……

他不用等我挑選，從第一次見面起，我就是爬牆出去找他的那一方。

「3690 銖。」各自沉默了好一下子之後，Chayin 開口說了話。

「什麼東西？」

「帽子的錢。我不想送你當禮物了，你今天讓我非常生氣。」

「那我算個整數好了，25000 銖。」這次聽者立刻抬起頭來，眼裡帶著疑惑。

「25000？」

「我幫你出過的各種錢，這我少算很多了。如果你要跟我拿帽子的錢，就把這筆錢都還清。」聽完之後，要錢意願只剩下一咪咪了吧？

「那你把帳戶號碼拿來，我再匯給你。」

「限今天喔。」

「怎……怎麼可能來得及，我都還在吃泡麵！」

「不管啦，如果不想付，那你也別來跟我討帽子的錢，我就拿去用了。」我靜觀其變一會兒，才找機會繼續說：「你睏了對吧？那我先回去了。」

「嗯。」

「而且可能不會再來找你了，你好好照顧自己。」

我還裝出一臉冷漠，避免那小孩不掉進我的陷阱，而似乎也跟我預期的一樣，Chayin 愣了一陣子。幹！看他那張臉真的讓我好想把他拖過來吃掉，但要撐住，所以我走向門口，作勢要離去。

但我還沒來得及拿出鞋子，Chayin 那小孩嘟囔的聲音就從遠方傳來。

「你為什麼不來啦……」

「是你叫我不用來的。」

「那時……就我那時候很生氣嘛。」

一個25歲的人可以那麼可愛嗎？該死！

「那現在呢？你原諒我了沒？」

「沒有！」

「好喔，那我回家啦。」

「等……等一下，你……你真的要走喔？不回來了嗎？」

「對。」

「你為什麼要逼我說出來啦！」

「說什麼？我怎麼不知道有人逼你？」

「就你不會來找我了啊……」

「話是你自己說的！」

「我又不是真的要你消失，你知道什麼叫氣話、什麼叫人在氣頭上嗎？可惡！」

砰！砰！砰！

我站著看沙發上的Chayin將抱枕捶得亂七八糟的，然後才再次轉開門把，身形纖細的人突然轉過來放聲大吼：

「我在生自己的氣啦！」

他真的很氣。

「我也不知道為什麼會變這樣；不知道為什麼會在你親我的時候生氣；更氣人的是，我不想要你走。」一邊說還一邊撇嘴，十分令人憐惜，他的雙頰紅通通的，紅到把頭埋進抱枕裡，還不停用外星話喃喃自語。

「Chayin，冷靜點。」

那人抬起頭來，雙眼好像還含著淚水。嗷！我害小孩哭了喔？

「我很久沒有談戀愛了，而且我也沒對誰這樣過。你毀了一切，搞砸了所有事情！」從假裝作勢要離開，變成轉身去找小個子，我坐到他的身旁，然後將對方拉過來抱緊。

「不要生氣了，我道歉。」

「你害我為了買帽子給你而沒有錢，我很窮，但我還是想買好東西給你。」

「……」

「我每天來咖啡廳等你，因為不想讓你知道我有多想見你，我拒絕過你，這根本是要我把自己的口水吞回去。」那人用含糊的聲音說著，同時臉還埋在我的胸口，不願意抬起來。

而且，Chayin真的哭了。

混蛋！他哭了，但我在聽到他坦承自己的想法時，卻覺得開心不已。

「把自己的口水吞回去又怎樣，你可以跟自己坦誠，不好嗎？」一邊說，手也一邊摸著對方的背，我很清楚人往往都會自我懷疑，而且Chayin又是藝術家，就會比一般人更嚴重一些。

「我不知道喜歡你的感覺是不是真的，也許我只是沉迷在你對我的好而已。」

「要試著打開心房嗎？這樣你才會知道，是真的喜歡，還是想喜歡而已。」

Chayin抬起頭、直接跟我對上眼，他的眼神非常認真，也讓我必須認真面對這次的談話。

「那如果我真的喜歡你呢？」

「我們就在一起。」

「但如果答案不是喜歡呢？你要怎麼辦？」

「不怎麼辦。」

「……」

「就繼續單戀你。」

如此而已⋯⋯

Chayin 的哭鬧讓我哪裡都不想去，除了坐在那裡陪他，直到時間來到早上八點鐘，一個我們兩個都該去睡的時間。

面前那人的雙眼已經開始撐不住，他就坐在沙發上打盹，而我就守著他、怎麼看都不覺得厭倦，過了好久才終於驚覺該放他去好好休息。

「睏就去睡了。」Chayin 靜靜地看著我，抿著嘴而不自知。

「我去睡的話，那你呢？」

「就回家啊。」

「那你還會再來找我，對嗎？」

我不禁笑了出來，因為他說這句話已經不是一次兩次了，而是數也數不清有多少次。

「我會來。」

「如果你想要我給你機會，那你就要來喔。」

這小孩，也太會勾人了吧！

「這樣的話，你今天傍晚有空嗎？」我觀察了一下 Chayin 的臉色後，繼續說：「我跟刺青店的學長約好要去補點色，你陪我去吧？」

「你約我的話，我就去。」

「那五點我來接你喔。」

「嗯。」那個人斷斷續續地點了點，而我也忍不住伸手，忘我地

揉著對方的頭。

　　我們又聊了一下下，然後分開各自利用時間休息。等到了我們約定的時間，便看見Chayin從公寓下來，低頭坐進車裡，一看就知道那雙眼睛有多腫，但我也不想提，怕那小孩會再鬧脾氣。

　　「有睡飽嗎？」我問，並一邊發動車子。

　　「剛好沒照時間睡覺，所以眼睛有點腫。」

　　我心裡有點想笑，這什麼藉口？難道不是因為哭了才變成這樣的嗎？

　　「是喔？」

　　「別關心我了。說說你吧，是要多刺些什麼嗎？」當對方換了話題，我也沒有異議地跟上。

　　「對。」

　　「我就直說了，我看到那些第一次刺青的人往往都刺了不只一次，也許下次見到你，你連脖子都刺滿了。」

　　「怎麼？疼惜我的皮膚喔？」

　　「很會幻想嘛～其實你要刺在哪、刺多少，都是你的事情啊，跟我沒有關係的。」

　　「也是，下個月見面時，我也許就刺了全身，你可別嚇到。」

　　「你不擔心哪天就不喜歡了嗎？萬一哪天突然討厭那個刺青了，還要辛苦除掉它。」我轉過去看了旁邊人的臉一下之後，才回答：「我決定要刺就沒想過要除掉它，若哪天不愛它了，至少我曾經愛過它。」

　　「真像作家說的話。」

「就跟愛情一樣啊，如果你曾真心喜歡過誰，就算他離開了，你還是會一直覺得他很好。」

「才不會。」

「會。」

「別跟我爭。」

「不是要爭，是連你沒有任何一點好，我都還是覺得你很棒。」

「這樣損我，你還是把我踢下車好了。」

「別光說不做啊。」我剛說完，左肩就被狠狠地揍了一拳，完全就是Chayin的手筆，他在生氣或者害羞的時候，常常會用暴力的方式展現，但可別讓我把他帶上床啊，到時候一定將他做過的事情連本帶利還給他。

從公寓到刺青店的路程並不遠，不到十五分鐘，我就到了學長的店門口。

「吼～你終於來了！」才下車不久，老闆的招牌低沉嗓音就傳了過來，於是我先對他揮揮手、作為招呼後，才轉向Chayin的方向說明。

「那個死老外叫Lee，是我同系的學長。」

「喔～」

Lee是泰美混血，我進大一時就認識了，因為兩人對生活的態度跟許多的事情的想法一致，讓我跟對方相當地要好。

畢業以後，Lee追尋著夢想，開了一間自己的刺青店，慢慢在年輕人及藝術大師們的圈子裡變得非常有名。

「別害怕，我學長是很狂野沒錯，但他不會對你做什麼的。」

我抓過Chayin的手牽好，帶他一起走進店裡，店裡的風格有些復古，有好幾項東西是經典款的古董，這跟Lee哥的穿著他媽的不搭，他喜歡穿極簡風的衣服，使用大量樣式簡單的雙色搭配，但他的店卻裝飾得很混亂。

　　「怎樣？好久不見了，帶人來給我當獵物嗎？」他銳利的眼神看向Chayin，讓我將那隻纖細的手握得更緊。

　　「可惜學長的獵物得是別人了，這個人是我的。」

　　「唉呦～護那麼緊！」

　　「這是我朋友，他叫Chayin。」小個子抬手拜了一下，然後面前的學長笑得跟狐狸一樣。

　　「朋友喔？還以為是男朋友，看你們手牽那麼緊。」

　　「怕小孩迷路吼。」

　　「是是是，我今天傍晚還有一個客人預約，所以趕緊上刑臺吧！至於Chayin，你就進來裡面坐，如果改變心意、想刺了再跟我說，保證會給你一個自己人的特價。」

　　「那我先看看好了。」

　　我還有一個地方要刺，但其實不是身上什麼新的部位，而是之前右手手腕附近還沒刺完的數字。

　　「要先刺數字嗎？還是條碼要先？」Lee哥問，他很清楚我想要什麼樣子，及是為了什麼而刺。

　　「條碼先。」

　　條碼上的每一條線都不一樣，因此我們或許得為了不要犯錯而花掉不少時間。

「那你今天要補齊數字嗎？」

「不用。」

「還不確定喔？」

「先等等。」

Chayin兩眼發直，眉頭微微地皺在一起，當我跟學長在聊他不懂的事情時，而我猜他自己大概也不想沒有禮貌、插嘴發問，於是我就自己開口跟他說：

「我要在手腕上刺條碼。」

「為什麼要是條碼？」那人很快地反問。

「因為我覺得自己是個商品，生下來是為了把自己擁有的事物賣給別人，賣驕傲給家裡、賣能力換錢、賣作品換名氣，我就只是個賺錢的商品而已。」

聽者的臉上有些懼色，同時輕聲地呢喃著接下來的句子：

「你才不是商品。」

「……」

「你是混蛋！」

「謝謝你喔。」原先所想的浪漫氛圍完全沒了。

「嗯哼，真的很配，兩個人都一樣欠揍。」然後總是會有個雞婆的人過來參一腳，像是面前這位正拿了口罩要戴的刺青師傅。

我坐在椅墊上等待，而Chayin坐離我很近，並對那幾項已經好好清潔過的器具投以好奇的目光。

Lee開始照著我給他的圖樣，專心地重繪，過了不久便拿起刺青針，專注熟練地在我手腕上刺了起來，在這之間，我們各自開著

話題，持續與對方聊著，大概只有 Chayin 一個人的臉色開始蒼白了起來。

「你怎麼了？」擔心地問著，我猜他大概是不習慣這種事情，雖然他曾經嘴上說想嘗試刺青看看。

「你的血流出來了，然後我……」

「會怕？」

他這次愣愣地點了點頭，我還來不及說什麼，面前的學長就飛快地插了話進來：

「有客人也是這個症狀，臉色蒼白、頭暈，然後吐得亂七八糟的。醜話先說在前面，你吐在這裡的話，我一定會踢你喔！超討厭的！」

靠北！那張臉離我老婆只剩半指的距離了，而 Lee 似乎也發現了這件事。

「唉呦……魂兮歸來喔，我只是開玩笑的。」

我的靈魂可能回不來了，幹，跟學長你的理智一樣消失了啦！

「玩很凶耶哥。」Chayin 給了個靦腆的微笑。

「好不習慣有人叫我哥喔，平常都被叫混蛋的。」

「就真的是混蛋啊。」我對另一方重申。

「Yuk 你這張壞嘴，是想爆血嗎？」

就只會威脅而已，習慣了，我才不在意咧！只有我旁邊這個人對一切都很警戒，針越是在我皮膚上留下紅紅的痕跡，他的呼吸就越不自覺地加重。

「那個會痛嗎？」安靜了許久，Chayin 終究還是輕聲問了。

「我可以握著你的手嗎？現在的痛度是十級，眼淚都要流出來了。」

「遜咖！」

我最會裝弱了。

「頭好暈，隨時都可能會昏倒。」

「我等下幫你打給醫生，幫你備好太平間的位置。」

「不用找醫生啦，有你就夠了。」我抓住對方還在楞著的時機，抓著他纖細的手過來握緊。

Chayin的手掌很溫暖、很柔嫩光滑，每次牽都覺得自己是個有幸遇見他的幸運兒，在過了好幾年平順乏味、日復一日的生活之後，這個人讓一切好了起來。

Lee一邊看、一邊撇了撇嘴，但並沒有直接說什麼，仍繼續專注在自己的責任上，而Chayin也一樣。每當我看著看，就好像看到一個小孩子、一個年紀差不多的朋友跟一個正在尋找人生立足點的成人，這一切都結合在這個叫Chayin的人身上。

這些就足以構成我如此喜歡他的原因了。

我握著他的手掌開始出汗，讓我擔心小孩會覺得熱，所以作勢想放開手，但還來不及那樣做，Chayin就把我的手握得更緊。

「我怕你會熱。」我一邊說，一邊給了他微笑。

「不熱，如果放開我的手，你會痛吧。」

「對啊，真的好痛。」不過就是支針，是能對皮膚有什麼刺激？想幹大事，心就得夠狠，不過還是盡快換個話題好了：「會無聊嗎？」

「不會。」

「那會想吐嗎？」

「習慣了。」

我們就維持這個姿勢將近兩個小時，直到一切的細節都刺完，現在我的手腕上有一個完整的條碼了，只差辨識的號碼而已，第一次我先刺了一個號碼放著，只是在等什麼時候決心要來補上剩下的號碼了。

房間裡的Chayin已經打了快十次的哈欠了，加上看著他迷濛的雙眼，我心裡很想帶他回去睡覺、一勞永逸，因此刺青一完成，我就立刻跟學長道別，帶著Chayin回家。

「等下我去買便當讓你拿著回家吃。」

「為什麼啊？」這個人問的聲音拉得很長，到底在愛睏什麼？

「以免你吃完就想睡啊，撐著只是勉強自己而已。」

「不會啊。」

「別跟我爭。」

「沒有要爭，就便當不好吃。」他咕咕嚷嚷地抱怨著，讓我忍不住抬起放在方向盤上的手，想瘋狂地去揉他那頭柔軟的頭髮。Chayin閃得很快，然後瞪了我一眼。

「那你想要我怎麼做？」我也想知道他現在想要的到底是什麼，且我發誓，不管他想要的什麼，我都會找來。

「我想自己煮，你上次買來的食材很多，而且它們的有效期限都快到了。」

「喔～隨你。」

「但……但因為食材有點多，我一個人應該吃不完。」

「嗯哼？」我一邊回應，一邊在心裡覺得好笑。

「你也一起來吃啦！」

「這是邀請？」

「嗯。」

「那算是願意對我敞開心房嗎？」

「隨你怎麼想。」

「那我同意，我的肚子這餐就拜託你了。」

車子駛了出去，在同樣的氣氛及生活的平順之中，我看見小小的幸福在心中被點燃，且我非常相信它不只發生在我身上，在某人身上也一樣有感受到。

Bird後天就要回美國了，於是我收到了在傍晚的餞別派對邀請，當然我必須要出席，因為除了有Chayin，還有那個不知道會不會出現的Ryu。

幹，看就知道他也喜歡我家小孩，但直接認輸也太沒用了。我並不是一個容易喜歡上誰的人，因此一旦喜歡上了，我就會很努力，直到知道該死心還是可以走下去的時候。

在約定時間前的兩個小時，我打給Chayin，想要順道去接他，但最後卻聯絡不上，於是我猜Bird應該已經去載他了。

派對從晚上七點開始，舉辦在一家爵士酒吧裡，我直接走進了店裡，那裡充滿了夜晚的旅人們。這場派對在店裡的VIP區訂了桌，放眼望去，裡頭混雜的盡是些熟人或者曾經見過面的人。

「你來啦～～」Top的聲音從遠方隱隱傳來，我走向前找尋著那個好幾天沒見的人，但沒有遇到，其實呢，要說我只關注Chayin一個人也沒錯。

「兄弟，坐這吧，我挪個位置給你。」我們優秀的專欄作家拍了拍白色的沙發，我照著坐了過去，並沒有拒絕，同時也好奇地問：

「Chayin還沒來嗎？」Bird都在這裡了，Top跟其他朋友也是。

「就我太忙，沒空去接他，所以Ryu就自告奮勇去接他了。」

「齁～～～～～」Top尖叫出聲，然後在看到我用嚴肅的眼神看他時，才趕緊用手將嘴巴遮住。

每次都這樣，只要一不小心就會有狗來把肉叼去吃，而且Chayin還他媽的不懂得拒絕。讓我見到他的話，我一定要把他抓來重重地打幾下屁股消氣。

放任自己的心不爽了近十五分鐘後，Chayin跟Ryu終於出現了，小個子穿了一件白色襯衫及那件我常看他穿的寶貝牛仔褲。他們兩個向桌上的每個人簡單打過招呼後，就坐到了對面，而我一句話也沒有說，就只是看著。

我沒有在鬧彆扭，只是想知道Chayin會跟我說什麼而已。

「等很久了嗎？」不久後，我一直想聽的聲音就出現來跟樂聲較量了，但我不知道他在問誰，所以就沒有回答，而是讓Top獨自說明一切。

「再兩分鐘就滿兩小時囉～」

「這麼久？」

「笑你的啦，我也才剛到。」

「那你們吃過什麼了嗎？」

「喔咿～～～吃什麼？餓到肚子都扁了還是要先等你啊。」Chayin撇了撇嘴，不久後食物就隨著Top的反諷送上了桌，而在這之間，同群的朋友們也找話題聊著，避免氣氛太乾。

我沒有什麼機會可以跟面前的人聊天，只能沉默地看著Ryu細心地照顧著Chayin，並時不時找他說話，然後氣氛在某一個人出現時，再度被炒熱。

「靠北，J，你也太晚來！」Bird大聲地喊著，但名字的主人只是回了他一個欠揍的笑容。

「大家好，抱歉剛好今天比較晚下班。嘿？Yuk你也來囉？」

「對啊。」

JJ跟我從中學就同班，他還意外地跟我一起唸了同所大學的藝術學院，以前幾乎每天見面，看他的臉都看膩了，但畢業後卻鮮少見到面，最後一次見面是他拿MSN的光碟片來給我的時候了。

「你們認識喔？」Bird看起來非常地吃驚。

「高中跟大學同學。嗷！Ryu你也來囉？」

「我一定下地獄才會見到你。」

簡直是一個老朋友們意外相遇的混亂場面。

「怎樣怎樣？快說來聽聽！」其中一個朋友說了話，當然我也想知道答案，到底為什麼每個人的關係會繞成一個圈啊！

「是這樣的……」就說吧，地獄般的命運史詩要揭曉了。

所有關係的連結點是Bird在高中的時候，意外地認識了Ryu跟JJ，他們是補習班及打遊戲的小團體，而與其他關係相比，特別的

是他們直到現在都還有聯絡，而我則是跟Ryu在國中就認識了，後來還唸了同一所大學。

　　至於J是我高中同班同學，在系上還是同一群的，一畢業就分道揚鑣，直到不久前，我剛好有個機會認識了Bird、Chayin，還有Top。

　　一切錯綜複雜，但卻不難理解。有件事突然在我腦海中冒了出來，Chayin曾在MSN上問過我認不認識做出軟體的Bird，那時我是真的不知道，但現在一切真相大白了：在我們面對面認識之前，我就先從J的手上拿過他的軟體了。

　　「老朋友能再見到面也滿好的，你還記得我們一起玩《仙境傳說》的時候嗎？唉呦～好懷念以前的氣氛喔！」

　　「獵戶座你好，想你喔！哈哈哈。」獵戶座是J在遊戲裡角色的名字。就在好友識破地轉過來瞪他時，Ryu差一點被酒嗆到。

　　「不要再被我聽到你叫那個名字！」

　　「怎麼？妙麗害羞囉？」

　　「你這機車鬼！」

　　我們每個人慢慢地回到多年前的時光，原先的氛圍又再次來到，那是一段每次想起都覺得溫暖的回憶，在那些科技還不像現在這樣便利的日子裡，我們是什麼模樣。

　　Chayin仍認真地聽著每個人講的事情，我看了他一會兒，突然在某個瞬間，我的眼神與他熱烈地相會，但什麼也沒有說，就像一開始一樣。

　　「說到以前，你們有想到什麼嗎？我的話，應該是Nokia N79了

吧，那時候最棒的手機！誰沒有一支，都會趕緊涎著臉跟媽媽討。」酒精開始進入血液中，讓每個人都比原先興奮了許多，每個人講話都他媽的口若懸河，我不是不投入，只是沒講話而已，因為我正盯著Ryu對Chayin的一舉一動。

「我也有N70，用了他們家每一代呢！」Top挺胸驕傲地說。

「手機太一般了啦，我有上百片的盜版音樂光碟，還燒去賣呢！」

「我是你的常客啊，混蛋！Bodyslam跟Potato是我一定要收的愛團。」

「而且一定得用Sony Walkman聽，不然就不酷了。」

「遜爆了，你們別以為每個人都得聽盜版好嘛！可別忘了，我是暹羅附近夜店的VIP。」

「嘴巴很會說嘛，我那時還看你下載盜版的歌到Winamp[15]裡咧！」

「機車！」

「說說當時的明星好了，你喜歡誰？愛的是誰？」

「Toey Jarinporn[16]，我唯一的女朋友。」

「我的話，喜歡XX裡的Fah Arisara[17]，可愛死了！」

「你知道人家現在改名叫Sarika了嗎？你真是一再犯蠢！不過，誰都比不上我家Bebe[18]姊，她超可愛，萌死人了！」

---

15 為千禧年前後最熱門的音樂播放軟體。

16 เตย จรินทร์พร為泰國知名的演員、模特兒及主持人，目前是隸屬泰國第三電視台的女演員，知名作品如《時光情書》。

17 เฟย์ จรินทร์พร為泰國線上的演員及歌手，近期作品有電影《祈求你／วอน (เธอ)》。

18 เบเบ้ ธันย์ชนก為泰國知名的演員及歌手。

「你喜歡的人超多的。」

「我可是當時社群上的名人，要喜歡誰都行！」

「Chayin你呢？你懷念過去的什麼？不要跟我說是前女友喔！」被問到的人瞪大了眼睛一會兒，然後轉著眼睛開始思考答案。

「我喔……我可能比較懷念MSN吧。那時候應該沒有誰不用。」

「也是。」所有人思考著點了頭，講起一百零八件發生在這軟體上的傳奇事蹟。沒錯！在那個還用56K數據機連線辛苦上網的時代裡，我們每個人都和MSN這個軟體有著說不完的牽扯。

我很幸運能再次使用這個軟體，即使只是一小段的時間，但它讓我又能遇見愛情。

「反正都講到MSN了，各位有拿到我的模擬程式的朋友們，請幫忙填寫問卷回傳喔！」然後聊天的內容又繞回了私人事務上頭，那就是Bird這個程式設計師的生存議題。

「我回傳了。」好幾個人趕緊回答Bird，一邊還高舉酒杯、把酒言歡。

「Ryu你呢？東西拿去玩了之後，不打算填一下問卷嗎？」

「什麼？我是有拿沒錯，但沒有玩啊。」名字的主人立刻否認。

「你少騙，拿去追誰就直接說出來！」

「我可以發誓我沒有玩，就我課業那麼重，哪有時間把你程式拿來玩一個月？」

「哦！真的嗎？」

「嗯，你去問別人吧！」

「JJ，你呢？我後天就要回去了，你幫忙回一下MSN的問卷

吧，我已經用Mail傳給你了。」接著Bird轉過來逼迫我旁邊的人，而J則先轉頭看了我一下之後，才回答說：

「這你要問……啊啊啊啊！」我大力踩了他的腳去阻止這個話題。老實說，我心裡現在還不想讓誰知道這件事，所以我選擇看著摯友的眼睛、暗示我的需求，而他似乎看懂了，閃躲地回答說：「那個……我晚點來寫好了。」

氣氛又回到正常的狀態，大家開始陸陸續續專注在聊天及相互敬酒上，只有Chayin的樣子變得異常，可以觀察到那雙薄脣抿了好幾次，我猜大概跟那搞事的軟體脫不了關係。

也是，我玩笑式地告白之後就消失了咩。

「呃……不好意思，JJ是唸什麼的呀？」他最後還是打破了沉默，然後你看，這個人真的在懷疑我所想的事情。

該死的損友一邊用高深莫測的笑容盯著Chayin看，一邊照他的風格，用帥氣的嗓音裝模作樣地回答：

「藝術。」

「B大嗎？」

「對啊，這麼懂，一定是知己。」

知己個頭……又調戲我老婆！

「也沒有什麼事情，只是在想我們可能曾經在Bird的程式上聊過天。」

「喔？那你記得PC 0832/676囉？」

「……！」Chayin看起來愣了一下，然後才緩緩地點了點頭。

這該死的J對我的帳號也太熟！他絕對是抓到什麼把柄了，才

會一直在桌子底下用腳戳我，還帶著了然的眼神斜眼看我。

　　我不想現在揭露的原因是我想自己跟Chayin說明真相，而不是讓他透過別人才知道。我在MSN上不小心脫口的告白讓Chayin覺得困惑，這或許錯了，但能在現實中直接對他說出我的感覺，我並不覺得遺憾，只希望在好幾個來跟她告白的人之中，我會是被選擇的那個。

　　「JJ是大熊嗎？」小個子輕聲地問，可惡的JJ則轉過來看著我的臉，用眼神交流了一下。

　　「大概是吧。」

　　「那……」喃喃自語了一下後，就站起身來。「我先去個廁所喔。」

　　我想他應該十分困惑，而這一切都是我的錯，是我讓事情變成這樣的。

　　「你們搞什麼鬼啊？」Chayin剛離開沒多久，Top就好奇地問。

　　「我想自己跟他說，只是要再給我一點時間。」

　　「再慢你就完蛋了，相信我。」說完，那支大手還拿起飲料，一乾而盡。

　　「那需要抓時機跟機會。」

　　「怕你不知道吧，但機會是不會一直等你的。」

　　「也對。」

　　我坐著等了Chayin一陣子，才決定要走去看看，但Ryu也站了起來，自告奮勇要去看個究竟，完全不顧其他人的反對。

　　「Ryu看起來也喜歡那個叫Chayin的人呀。」J近乎竊竊私語地

說著，我沒有回答什麼，因為光看就知道狀況了。

「……」

「那MSN的事情是怎樣？所以你有撩他喔？」

「嗯。」

「撩好玩的，是嗎？但對方看起來很認真耶。」

「我也很認真。」

「啥？」

「我很認真，所以你不要再鬧Chayin了，這是警告！」

「喔～～～我有老婆了，親愛的朋友。」

「……」

「哈哈，Yuk你真的很蠢耶，Ryu從中學就跟你比個不停，現在還喜歡上同一個人喔？」我不想在意他那些話，只是伸長脖子找著離開桌子好一陣子的那個人。

時間過得很緩慢，慢慢地從一分鐘、兩分鐘、三分鐘，來到了四分鐘，但仍舊連Ryu跟Chayin走回來的影子都沒看見，直到我的耐心用罄，下定決心、毫不猶豫地往廁所走去。

首先看到的畫面就是Ryu那個高個子敲了好幾次廁所的門，於是我忍不住走了過去，然後壓低嗓音、好奇地問：

「Chayin咧？」

「在裡面，從我進來到現在，他什麼都不願意回應。」

我嘆了一口氣，然後輕輕敲了門，並喊了裡頭那人的名字。

「Chayin，醉了嗎？」

「……」當然沒有任何聲音回覆，連個字都沒有。

「你還好嗎？開門讓我進去。」

「……」

「我知道你很困惑，先出來聊聊，我有事情要跟你說。」好吧，反正都這樣了，如果現在不講，後續可能就換成 Chayin 要受傷了。

「我沒事，只是剛好有點暈。」回答的聲音讓我放心了一些。

「那可以出來嗎？」

咔啦！

不久後門被打開了，那張白皙的臉因酒精的作用而染上了紅暈，但他眼裡卻很憂鬱，這讓我覺得可憐、覺得揪心，我走近對方的身邊，抬起手憐惜地揉了揉他的軟髮。

「怎麼了？是不是不舒服？」

「那個……我遇到大熊了，他跟我聊 MSN。起初，我真的一直以為是 Ryu，但其實不是。」Ryu 站在不遠處，像瞪大眼睛的雞一樣疑惑。

該死的！所以過去這段時間以來，他以為大熊是 Ryu 喔？真是失算再失算，可惡！

「怎麼遇到的？」我先冷靜地繼續問。

「他是你朋友，叫 JJ，在程式到期前，他還跟我告白。」

「等一下，Chayin 那個……」誤會大了啦！

「我得去跟他說，我是怎麼想的。」

「Chayin，先聽我說！」來不及了，靠，他就避著身、埋頭衝了出去，完全沒有考慮要轉頭看一下背後，讓我跟 Ryu 只能心急地追在後頭。

坦白說我會怕，怕Chayin會迷失在MSN裡短短的一句話，怕他會迷失在轉瞬即逝的短暫感覺裡。

　　「JJ！」來不及了！！！

　　不等自己坐回位置上，Chayin就立刻喊了我朋友的名字，這讓整桌人的注意力全部集中在他身上。

　　「怎樣？」看看臭J的臉，還裝作一副不知情的樣子。

　　「我知道你是MSN上的大熊。」

　　「然後？」

　　「你從Bird那裡拿到光碟的，對嗎？」

　　「對。」

　　「你是B大的藝術學院畢業的。」

　　「也沒錯。」

　　「你常在半夜上線。」

　　「好幾次吧，就深夜比較閒啊。」

　　「你知道我是詞曲創作人嗎？」

　　「知道，我有在聽你的歌。」

　　「程式到期前，你記得曾跟我說過什麼嗎？」

　　「依稀記得。」依稀個鬼啦！我恨死他這種打蛇隨棍上的玩法了，他現在看我的臉越黑，他就越覺得有趣，然後就越討人厭！

　　「我思考過了，每次睡覺都輾轉反側地在想，如果有天遇到大熊，我要怎麼做。我們聊過大大小小、所有的事情，而那也讓我一個人的時候，不會感到寂寞。」

　　「……」

「但是……對我而言，MSN上的人只能是朋友而已。」

「啊？為什麼啊？」騙死人不償命的J做出失望的表情。我要打電話去跟你老婆告狀，混蛋！

「我不喜歡那樣的人。」

「試試看也好啊，還是說你有喜歡的人了？」

「嗯。」

「誰？」

「他是一個喜歡說自己是商品的人，但其實，他不是那樣的。」

「他是混蛋！」我笑著回，這一秒我的心臟劇烈跳動到無法控制，但Chayin立刻反駁：

「才不是。」

「……」

「他人很好。」

「好了兩位，可以邁向幸福天堂了！啾啾～～～」

「……」

「可惡，你們趕緊把婚禮辦一辦吧！閃到我都要吐了。」在所有朋友們起鬨的聲音中，Chayin的模樣在我眼裡最清晰，他真的是我全心全意「愛」的人。

▬▬▬▬▬▬▬ Satawat視角結束 ▬▬▬▬▬▬▬

高寶書版集團
gobooks.com.tw

CRS 005
MSN：Musician Solitude Novelist　上

作　　者	JittiRain	
繪　　者	MAE	
譯　　者	舒　宇	
編　　輯	賴芯葳	
美術編輯	Victoria	
排　　版	賴姵均	
企　　劃	方慧娟	
版　　權	蕭以旻	

發 行 人　朱凱蕾
出　　版　朧月書版股份有限公司
　　　　　Hazy Moon Publishing Co., Ltd
地　　址　台北市內湖區洲子街88號3樓
網　　址　gobooks.com.tw
電　　話　(02) 27992788
電　　郵　readers@gobooks.com.tw（讀者服務部）
傳　　真　出版部　(02) 27990909　行銷部 (02) 27993088
郵政劃撥　19394552
戶　　名　英屬維京群島商高寶國際有限公司台灣分公司
發　　行　希代多媒體書版股份有限公司/Printed in Taiwan
初版日期　2022年2月

國家圖書館出版品預行編目(CIP)資料

MSN：musician solitude novelist/JittiRain作；舒宇譯.
-- 初版. -- 臺北市：朧月書版股份有限公司, 2022.02
　面；　公分. -- (CRS；5-6)

ISBN 978-626-95553-1-4(上冊：平裝). --
ISBN 978-626-95553-2-1(下冊：平裝). --
ISBN 978-626-95553-3-8(全套：平裝)

868.257　　　　　　　　　　　　　　110020978